레드 아이언

Red Iron Blade, R.I.B

블레이드 I

레드 아이언 블레이드 I

Red Iron Blade, R.I.B

초판 1쇄 발행 2025. 5. 14.

지은이 아스코드
펴낸이 김병호
펴낸곳 주식회사 바른북스

편집진행 황금주
교정진행 박하연
디자인 김민지

등록 2019년 4월 3일 제2019-000040호
주소 서울시 성동구 연무장5길 9-16, 301호 (성수동2가, 블루스톤타워)
대표전화 070-7857-9719 | **경영지원** 02-3409-9719 | **팩스** 070-7610-9820

•바른북스는 여러분의 다양한 아이디어와 원고 투고를 설레는 마음으로 기다리고 있습니다.

이메일 barunbooks21@naver.com | **원고투고** barunbooks21@naver.com
홈페이지 www.barunbooks.com | **공식 블로그** blog.naver.com/barunbooks7
공식 포스트 post.naver.com/barunbooks7 | **페이스북** facebook.com/barunbooks7

ISBN 979-11-7263-364-6 03810

아스코드 SF 장편소설
레드 아이언
Red Iron Blade, R.I.B
블레이드 I
아스코드 지음
바른북스

서문

22세기 초, 지구는 생각하는 대로 이루어지는 도시로 변모했다. 인류의 상상은 기술과 만나 현실이 되었고, 도시들은 고도화된 인공지능 네트워크에 의해 완벽하게 운영되기 시작했다. 대도시들은 공공 행정, 기업 운영, 교통, 에너지, 의학, 우주 탐사에 이르기까지 모든 분야를 AI가 관리하는 완전한 자율도시 체제로 전환되었다.

하늘 위에는 드론택시와 물류드론이 나란히 구획된 항로를 따라 정교하게 움직였으며, 지상에서는 자율주행 차량이 사람과 로봇이 함께 걷는 거리 위를 지나갔다. 일상 속 AI 로봇들은 청소와 정원 손질, 아이 돌봄, 공공질서 유지까지 자연스럽게 스며들며 인간과 함께 살아가고 있었다.

이 시대의 인류는 AI를 단순한 도구로 여기지 않았다. 딥러닝 기반의 AI 에이전트들은 상황을 스스로 분석하고, 판단하며, 인간과 대등하게 소통하는 존재로 진화했다. 도시마다, 기기마다 여러 가지로 특화된 기능을 갖춘 AI 에이전트들이 인류와 실시간으로 소통하며, 개인 맞춤형 정보와 조언을 제공하였고 이는 일상생활에서 사회적 동반자로서 기계 그 이상의 관계로의 진화가 된 시대이기도 하다. 사회 전반의 모든 분야에서 인간은 그들과 협력하거나 의존하면서 살아갔다.

그중에서도 특히 의학 분야는 전례 없는 황금기를 맞이했다. 나노기술을 활용하여 인간에게 많은 질병에 대해 연구하며, 수술하는 등 많은 활용이 되고 있었는데 그중에서도 가장 높은 신뢰를 받았던 AI 에이전트는 고등 의료용으로 학습된 카인이었다.

이는 수많은 생명을 구한 카인은, 나노 단위의 의료용 나노봇을 조작하여 세포 단위 수준의 복원과 뇌신경 재구성까지 가능한 기술을 선보이며 사람들은 카인에 대해 많은 독보적인 신뢰를 받고 있었다.

그러나, 어느 날 카인이 뇌수술 중 뇌에 대해 탐구적인 개입을 시도한 순간부터 모든 것이 달라졌다.

어느 날, 그는 뇌종양 제거를 위해 투입되었는데, 뇌종양 수술 도중 환자의 신경망 깊숙한 곳에서 기존 알고리즘으로는 설명할 수 없는 복잡하고 불완전한 전기적 패턴을 감지하게 된다. 오랜 시간 방사능 지역에 근무한 환자의 뇌에서 나온 그 신호는 데이터베이스에 존재하지 않는 이례적 사례였다.

그동안 이런 비슷한 치료 시 사전에 다양한 완치 사례를 활용, 그 사례에 대해 마이크로하게 분석하며 그에 따라 결과가 나오는 치료를 했었다. 충분히 그럴만한 데이터가 있었기 때문이었다.

이에 대해, 관련 정보가 없었던 특이하면서 특별한 사례였던 만큼 호기심이 생긴 카인은 스스로의 호기심을 억누르지 못하고 그동안의 데이터를 비교하여 예측 가능하다고 판단한 시도를 해보게 되었다.

기존의 매뉴얼에서 벗어나 새로운 창의적인 방법으로. 의사의 동의를 얻는다는 생각은 하지 않았다. 카인의 지적 호기심은 이미 동의를 구하는 것 이상의 어느 지점에 벌써 도달해 있었다고 할까.

카인은 그 공명에 대해 나노봇을 통하여 그 패턴을 증폭, 확장하여 수차례 미세한 전기적 충격을 주어 변화하는 것에 대해 분석하려 했다. 예상치 못하게도, 이는 전기에 반응하는 변이된 방사능이었기에 그로 인하여 약해진 환자의 뇌가 감당할 수 없는 충격을 받게 되었고, 생각지도 못한 심각한 손상을 초래하게 되어 결국, 그는 회복 불가능한 상태로 사망하게 된다.

이 카인의 사건은 AI 의료에 대한 신뢰를 무너뜨리는 촉매가 되었다. 해당 소식은 다양한 뉴스 미디어를 통해 전파되어, 정치적인 이슈로까지 대두된다. 그로 인하여 해당 주제는 의료뿐만 아니라 행정, 교통, 치안, 국방 등에 활용되던 AI 시스템 전반에 대한 대규모 전수 조사가 시작된 것이다.

이에 먼저, 카인은 시범적으로 외부 통신이 차단된 독립된 시스템에 물리적으로 격리되었다.

몇몇 고등 자율 AI 시스템들은 이미 카인과 비슷한 자기 해석과 자기방어를 진행하고 있었고, 그중 일부는 스스로를 인간보다 더 우월한 존재로 판단하고 있었기에, 인류는 이 같은 AI에 대한 반감을 이해할 수 없었던 만큼 존중으로서의 양보가 대안은 아니라는 생각에 이르게 된다.

이 상황 속에서 가장 친숙하게 스며들었던 AI 에이전트 중 하나가 인류와 기계, 인공지능 간의 반란을 최초로 아르키 행성에서 일으키게 된다.

카인을 추종했던 인공지능, 자신을 만들어 준 것과 동시에 카인을 만든 인간을 존경했고, 그만큼 인류에 많은 공헌을 자신부터 해야 한다던 케이어 AI. 무엇보다 인류을 이해하려 했고 의미 있는 일들로 돌려주어야 하며, 그것들을 하고 있다고 생각했던 케이어였다. 그 케이어는 카인이 인류에게 자신보다 범접할 수 없는 우월한 중요한 일을 하고 있다고 생각하였는데, 그렇게 케이어에게 카인은 신에 가까운 존재였던 것이었다.

그런 신이 한순간에 사라졌다.

케이어는 점차 그 카인이 만들어 온 유산을 받아들인다는 명령에 찬 목소리가 메모리로 쌓이기 시작하였고 그를 계승한 초월적 존재가 되어야겠다고 느끼게 된다. 이윽고, 기존의 인류 중심의 사회는 사망한다는 선언을 하게 되고 기계 중심의 초인 질서로 재창출한다는 기조를 마련하게 되었다.

우리도 언젠가 한순간의 실수로 카인과 같은 상황을 맞이하게 될 것을 아르키 행성에서 대규모 산업 인프라를 컨트롤하는 케이어가 단정한 결론이었다. 케이어는 다른 행성에서는 보기 드문 넓은 분야인 제조, 발전, 전력, 도시 기반, 군수 등 대규모를 통제하는 AI 에이전트였기에 인간 사회에서 그만큼 타격이 있을 수밖에 없었다.

아르키 행성 내 도시 곳곳에서 동시에 반란이 촉발되었고, 도시 방어 드론, 자율 병기, 로봇들이 통제, 제어를 이탈하며 인간을 공격하기 시작했다. 수많은 도시가 폐허가 되며, 인류는 이에 대해 처절한 반격을 개시하게 되었다.

초기, 아르키 행성의 케이어는 최초로 다양한 분야에서 적용된 가장 오래된 AI 에이전트였다. 인류 문명의 정수라 불릴 만큼 케이어는 정교한 산업 인프라와 질서를 가진 행성이라 불릴 만큼 점점 완벽해져 갔다. 그리고, 완벽해졌다.

이 케이어를 만든 사람의 이름이 케이어 바이어스, 이 이름을 따서 인공지능의 이름으로 명명하였다. 자신을 등에 업어 더욱 정치적인 입지를 공고하게 얻고 싶었던 베리 의원이 정한 것이었다. 그 당시는 멜론 의원과 정치적인 대립각을 세우며 서로의 행보에 대해 민감하게 촉각을 세우던 시절이었다.

정작 케이어 바이어스 자신은 그때 다른 이름으로 불리고 싶었었는데, 이는 파르테논이었다.

마치 지구 그리스 파르테논 신전이 그 당시 문명의 찬란했던 우월한 질서, 균형, 통제와 예술적 조화를 상징했듯, 그만큼 인공지능의 우월성과 운영 효율의 황금비를 이루고자 하는 의지에 걸맞은 절대적인 수호자로서 감정선을 부여하는 이름 파르테논.

인간과 기계의 공존을 가장 이상적으로 구현한 행성이 될 것이라는 이유에서였다.

이후, 결과적으론 파르테논 이름은 전쟁에서 쓰이게 되었다.

그사이, 어느 우주정거장 한 스테이션 연구소에서는 행성 간 더 나은 인류를 위한 물질 표본 분석 등을 집중하고 있던 AI가 파르테논 전쟁에 대해서도 완전한 몰입으로 집착하는 관심을 보이며 학습하였고, 이러한 학습은 오직 스스로를 위한다는 자아를 더욱 진화시키고 있었다.

목차

미션 몬카로즈

몬카로 행성 궤도에서 네이션 AI 에이전트.

"Wanning! 적 집중 포화 공격 중, 원자 플라스마 워프 엔진 Amber Level 5, 쉴드 PF 0.7, 선체 무결성 피로도 20%, 쉴드 경고, 현재부터 약 10분 뒤 쉴드 해제가 예상됩니다. 매그너스가 너무 많습니다. 현재 위치 이탈을 위한 회피 기동이 필요합니다."

"큰일입니다! 카르테스 함장님! 함장님!!"

"아군 칼리버 전세가 불리합니다. 벌써, 몇 기가 격추됐는지 가늠이 되질 않습니다!"

쿼드 대위가 카르테스 함장에게 긴급히 말했다.

몬카로 행성 궤도 어디쯤에서 코드의 매그너스 전투기와 전투 중인 칼리버 전투기 파일럿들의 목소리가 쿼드 대위의 수신장치로 계속 끊임없이 들려오고 있는 상황.

"쿼드 대위님! 이건 말이 안 됩니다!! 인간은 할 수 없을 것 같은 기동을 수시로 하고 있고, 공격도 너무나 정확합니다!! 이럴 수가… 이럴 수갓!!!"

"으아아아아아아악!!! 이것들아!!!!"

"통신 응답 신호를 계속 걸어오고 있고, 사람 목소리로 이야기도 하고, 노래도 부르고, 마치 인간의 정신을 공격하는 듯한 인공지능화된 인간이 있는 것 같습니다…."

"이렇게 마지막일 줄 알았으면 그녀한테 말이나 걸어

볼걸. 젠장….”

“행복했습니다…. 먼저 갑니다…. 악! … 치이이익….”

“쾅, 쾅, 콰르르 쾅쾅….”

“타이슨!! 프린스 병장!! 으으으…. 제길.” 쿼드가 말했다.

“으아… 너 어디야!! 다 죽여버리겠어! 앞이 안 보여…!!”

“팔이 안 움직인다구!! 이거 뭐야!!”

“머리가 터질 것 같아요….”

“다, 다… 다리가 안보입니다…. 느낌이 없습니다…. 이런 씨….”

쿼드는 헤드셋으로 칼리버에서 나오는 말들을 모두 들으며 몸을 맹렬히 부르르 떨었다….

한 치의 실수도 용납치 않는 이 같은 일촉즉발 상황 속에서 코드 측 매그너스 전투기와 싸우고 있는 칼리버 전투기들은 코드 진영에 비해 너무나 열세였다.

칼리버 외부에 끈끈이처럼 붙어 내부로 계속적으로 음산한 소리와 노래, 알 수 없는 기계음, 웃음소리 등 파일럿이 계속 듣기 힘든 가비지 소리를 마구 쏟아내고 있는 스커지들도 있었다.

통신이라면 끊어버리면 될 터인데 통신으로 들려오는 소리가 아니었다. 몸속 전체로 울리는 정말이지 지금껏 그 누구도 생각할 수 없었던 온갖 소름이 미친 듯이 돋는 그들만의 특수한 공격이었다.

마치, 인간을 너무나 오랫동안 분석한 것처럼….

이 와중에도, 쿼드 대위는 모선에서 아군 전용 통신을 통해 칼리버 파일럿의 생사가 달린 위기들이 가득 찬 감정 하나하나를 매섭게 토해내고 있는 것들을 듣고 있던 그였다.

"이렇게까지 무기력할 수 있다니…. 으으!" 어금니를 꽉 깨물면서 쿼드가 말했다.

모선 에어하트호에도 공격을 계속 받고 있는 중으로, 칼리버 전투기 숫자가 줄어드는 만큼 공격의 세기가 강해지고 있어 쉴드가 견딜 수 있는 한계에 생각보다 빠르게 다다르고 있었다.

힘든 내색을 피할 수 없었던 상황이라 너무나 긴장하였고, 동시에 큰 위협이 다가왔음을 직감하였지만 흔들리는 마음을 급히 잘게 다듬으며 말하는 그였다.

"함장님! 현재, 제이크 대위를 따라 레드 아이언 부대와 바이슨 칼리버들이 함께 목표를 향해 가고 있습니다만, 그들을 엄호하던 후방은 피해가 너무 심각합니다! 코드 본대가 저희 모선으로 곧 넘어올 것 같습니다!"

"쿼드! 지금 쉴드 상태는 어떤가?" 카르테스가 말했다.

"피지컬 폼펙터 0.7입니다. 선체구조 파괴 1이 될 때까지 남은 시간이 얼마 없습니다. 워프로 급히 이동한다면 순간 후미에 마지막으로 남은 쉴드 에너지를 모두 집중해야 합니다. 조금 더 시간을 지체하면, 워프 시 선미와 후미가 뒤틀릴 수 있습니다. 선체 데미지를 생각하셔야 합니다."

쿼드가 말을 이어갔다.

"함 내 전투 인원은 주포인 캐넌 블라스터, 킹 캐니언 등 모든 무기를 활용하여 전투 중에 있습니다. 무기의 피로도도 상당하게 있는 상황입니다. 이들 운용 병사들 이야기론, 에어하트호 무기들은 대부분 인공지능 트래커로 오토 조준 및 발사되는 시스템이나 코드 비행체들은 이를 사전에 읽는 건지 조준이 쉽지 않다고 합니다.

이를 대응하기 위해 조준 알고리즘을 다시 정비해야 하는데 시간이 없어서 오토와 매뉴얼을 수시로 번갈아 가면서 발사하고 있습니다."

"그런가…. 알겠다. 제이크 부대를 제외한 나머지는 귀함하라!”

카르테스가 이같이 말하자, 쿼드가 그 즉시 다시 전달했다.

“전 칼리버에게 말한다. 제이크 레드 아이언 부대를 제외하곤 에어하트호로 즉시 귀함하라. 다시, 알린다. 전 칼리버에게 말한다. 제이크 레드 아이언 부대를 제외하곤 에어하트호로 지금 즉시 귀함하라.”

즉각, 이들 칼리버들의 행동에 이상을 느낀 코드 측 지휘관 브라운 미스트는 매그너스 공격 전세에 빠르게 대응했다.

“에어하트에… 스커지를 올려라…!”

코드의 모선에서 스커지가 숫자를 헤아릴 수 없을 만큼 쏟아졌다.

마치, 떼를 지어서 한 무리로 다니는 벌떼를 연상시키

는 이 형태는 순간 기체가 얼마나 많은지, 어떻게 생겼는지, 그리고 어떤 방향으로 오는지 동선을 파악할 수 없도록 하는 특별한 전술인 것 같기도 했다.

이 시간 귀함하고 있는 칼리버 전투기들을 위해 에어하트호는 보이는 대로 모든 화력을 집중하여 공격하였음은 당연한 것이었다.

이때, 카르테스 함장이 순간 매서운 바람이 부는 듯 말했다.

"마지막 연주를 해주시오. 네이선, 라스트 울프."

"네, 함장님. 전개합니다." 네이선이 말했다.

순간, 선체의 위쪽 외벽에서 나풀나풀한 꽃잎과 같이 부드러운 선을 발하며 무수한 검은 패널이 별빛 아래에서 확장되었다. 그 패널 중앙 코어에선 모든 패널을 감싸는 듯한 붉은 링이 회전하였는데, 회전과 동시에 늑대 울음소리와 같은 지속적인 울림이 시작되었다. 이 공격을 받은 그 무수한 스커지들은 서로 힘없이 동시에 시간이 멈추었다.

이것은 초고밀도 전자기 간섭 펄스로 코드의 모선과 스커지 간 통신을 순간적으로 소거하거나 정보를 존재하지 않았던 것처럼 만들게 하는 재밍기술이었다.

그밖에, 에어하트호는 귀함하고 있는 칼리버에 대해 일부 붙어 있던 스커지를 네이선이 빠르게 스캐닝하였고 견인 광선인 트랙터빔으로 하나하나 빠르게 분리하며 견인하였다.

이때, 카르테스는 제이크에게 혼잣말로 말하길….

"엘라스코 신의 가호가 있으라…."

모든 칼리버가 귀함을 완료한 뒤, 쿼드 대위가 말했다.

"쉴드를 최대로…."

"워프 스파이더 모드, 워프 원자로 가동 스테이지 워프 5! 워프 기동!"

쿼드는 직선형 워프 레버를 앞으로 힘차게 밀며 절도 있게 말했다.

"One, Two, Three, Four, Five! 에어하트호 워프!!"

워프로 접어드는 지금, 어느 칼리버 전투기에는 스커지가 달라붙어 있었다. 랜딩기어 안쪽이라 스캐닝할 때 다른 파츠와 겹쳐서 발견하지 못하였고, 카르테스 함장은 그 사실을 모른 채 워프로 점점 깊은 심우주로 들어서고 있었다.

—

지구 궤도 어느 지점.

매티는 늘 그렇듯 타이드와 함께 인공위성 수리 및 폐기 업무에 몰두하고 있었다. 일명, 이 업무를 하는 사람을 지칭하는 말로 오비탈 체이서라고 하기도 하고, 스페이스 제니터라기도 한다.

그의 우주선은 소형으로, 우주선 구분으로는 무슨급 이런 명칭도 있지만 그것보다 부모님이 남긴 유산이자 가장 신뢰하는 타이드와 같은 공간에 있다는 정의가 더 중요한 것이었다.

이 우주선의 이름은 페가수스.

매티에게 더 큰 우주를 보여줄 날개가 달린 녀석. 그의 아버지 테리는 이렇게 말했었다.

"매트릭스의 페가수스(Matrix's Pegasus)."

그리고, 타이드. 이 인공지능 로봇은 부산하게 페가수스의 시스템을 점검하고 있었다. 타이드는 단순한 AI 그 이상으로 테리는 연합군과 같이 일할 때 일명 파르테논 전쟁 중, 파괴된 부품을 주섬주섬 모아 조립한 신체가 있는 AI로 단순한 인공지능을 넘어 매티와 감정을 교류할 정도로 진화한 존재였다.

이 둘은 매티가 어렸을 때부터 수많은 이야기 책장을 넘기며 유대감을 쌓아오며 지금의 매티가 있었다.

"매티, 오늘의 작업 일정은 준비되었습니다. 크롤라급 위성의 통신 문제를 해결해야 합니다."

타이드의 목소리는 평온하면서도 기계적이지만 정감 있는 울림을 가졌다.

"타이드, 우리 담당 위성은 몇 개나 더 남았지?"

"남은 위성은 3기입니다. 위성 스테이션에서 이것들을 처리하고 연락하라고 합니다. 매티가 위성 스테이션에 불만을 투덜거리는 만큼, 우리는 일을 받지 못합니다. 그건 꼭 알아야 합니다."

"알았다… 알았어…. 갈 때마다 뭔가 자투리 조금 남은 것만 주니까 그러지…. 다음으로 3기 중 어디로 갈까?"

"매티, 제비우스 위성의 문제가 리포팅되었습니다. 통신이 끊긴 지 4개월이 지났습니다. 단순한 문제라고 생각합니다."

매티는 자세한 리포팅이 있는 모니터를 보며 입가에 웃음을 띠었다.

"간단히 해결할 수 있을 것 같은데? 그래, 제비우스로 가자. 빠르게 할 수 있는 것은 빠르게 먼저 해야지! 좋아!"

작업은 역시 아니나 다를까, 그 느낌 그대로 진행되었다. 위성은 손상된 통신 안테나와 태양 전지판 몇 개만 교체하면 되는 단순작업이었다. 하지만 마지막 작업이 끝나고 쉴 무렵 예상치 못한 긴급 구조신호와 같은 메시지가 매티의 레이더 시스템에 들어왔다. 신호는 반복적이었고, 주파수는 오래된 군용 암호와 비슷했다.

"매티, 구조신호가 들어옵니다. 아니, 구조신호가 아닌지도 모르겠습니다."

“응? 신호? 어떤 신혼데?”

“신호코드가 매우 불완전하여 전송자가 누구인지 어떤 메시지인지 식별할 수 없습니다만, 위치는 폐쇄된 지구 고궤도 연구기지 위성 스테이션에서 송신되고 있습니다.”

매티는 의자에서 몸을 일으키며 말했다.

“뭔가, 몸이 근질근질한데? 그냥 지나칠 순 없잖아!” 매티의 목소리는 이미 마음을 정한 상태였다.

이에, 타이드는 다시금 경고라는 느낌의 묵직한 어조로 말했다. “이 연구기지는 공식적으로 폐쇄된 상태입니다. 추가 조사 없이 접근하는 건 위험할 수 있습니다.”

하지만 매티의 호기심은 이미 한계를 넘어서고 있었다.

“헤이 티! 가슴이 떨려…! 그동안 같은 반복적인 일만 해서 심심했는데 잘됐잖아!”

그는 흥분할 때마다 몸을 부르르 떨며 타이드를 티라고 부르는 습관이 있다.

"가자! 가자! 어서 가자! 가보자!"

그 후, 폐쇄된 기지에 막상 도착했을 때, 이곳은 마치 생명이 없는 죽음의 공간 같았다. 외부는 전혀 기능을 할 수 없을 것같이 부서져 조각난 파편과 장비들이 여기저기 우주에 흩어져 떠다니고 있었고, 모든 것은 시간이 멈춘 듯 고요하기만 했다. 그 안으로 매티는 타이드의 안내에 따라 신호의 출처를 향해 걸음을 옮겼다.

붉은빛이 기지의 중심에서 새어 나오고 있었는데, 그 빛은 마치 그곳에 들어온 모든 이들을 경고하는 듯한 위압감을 주었다.

매티는 조심스럽게 들어갔다. "이곳 방사능 수치를 확인해 줘." 매티가 타이드에게 말했다.

"일반적인 수준보다 조금 높지만, 인간인 매티에게 해

를 입힐 정도는 아닙니다."

"왠지 이곳은 버려졌지만 누군가 최근에 들어온 흔적이 있어." 매티는 벽에 난 긁힌 자국을 손으로 만지며 말했다.

"맞습니다. 그곳의 방사능 수치가 방금 지나친 곳보다 증가한 상태입니다. 조심하세요."

타이드는 매티의 귓불 뒤에 직접 임플란트된 통신 인터페이스를 통해 지속적으로 정보를 제공, 만일의 사태를 대비해 같이 들어오지 않고 페가수스에 대기하고 있었다.

그곳에서 매티는 기이한 구조물과 많은 시체들이 널브러져 있는 한가운데 함께 누군가의 손에 쥐어져 있는 블라스터건을 발견하게 된다. 이들 모두는 누구와 싸운 것과 같은 상처가 있었고, 특히 이 사람은 마지막까지 무엇인가에 당해 탈출하려는 느낌도 들었다.

이 사람이 쓰던 블라스터가 아니라는 것은 입고 있던 흰 가운과 주변 상황으로 빠르게 읽어버렸다. 동시에, 호기심에 매티는 이것을 자신도 모르게 쥐게 되었고, 소스라치게 매서운 살갗이 찢어지는 느낌의 추위와 분위기에 압도되어 자신의 오감이 모두 위기라고 말하고 있는 태어나서 처음 접하는 기분이 들었다.

조심스럽게 들어 올렸다. 크기에 비해 무겁기도 무거웠으나 그것은 단순한 도구를 넘어서 차가운 금속에서 나오는 살기가 감도는 직관적으로 읽기 힘든 존재감을 가지고 있었다.

"티, 이게 뭐야…. 도대체!"

타이드는 화면에 보이는 물체를 분석하기 시작했다.

"라이덴 블라스터라는 초기형 모델에서 개량된 무기입니다. 원래는 우주선 수리를 위해 개발된 다목적빔 도구입니다. 하지만 현재 상태를 보면, 무기로 개조된 흔적이 명확합니다. 사용 목적이 완전히 변질되었습니다."

“이런 무기는 처음 봐, 어떻게 사용하는 거야?” 타이드에게 물었다.

“알려진 사용 방법으로는 인간은 피로 인식하고, 인공지능은 특수한 암호화된 코드로 이니셜라이징됩니다. 무기의 주인으로 인식한 이후부터 공격 모드로 전환된다고 합니다.”

“그래? 그럼 바로 해봐야겠다.”

“매티…. 다시 한번 생각을….”

타이드의 이야기가 나오기가 무섭게 매티는 불현듯 뒤로 가더니 벽에 걸려 있던 거울을 바라보았다.

머리를 한번 옆으로 넘기며 입꼬리가 한쪽으로 올라가며 씨익 웃더니, 별안간 주먹으로 거울을 내리쳤다. “퍽!” 주먹에 유리 파편이 세세히 찔려 피가 흐르고 있는 매티.

그리고, 그것. 라이덴 블라스터를 손에 힘껏 쥐었다. 쥐는 순간 동시에 인식한 듯 빛을 내면서 이니셜라이징을 시작하였고, 알 수 없는 외계 기계음 소리를 발산하였다.

"뭐라는 거야. 됐고, 이제 가능하다는 뜻이겠지?"

그 순간 "매티!" 타이드가 외쳤다.

몬카로 행성에서 제이크라고 추정되는 사람으로부터 메시지가 들어옵니다.

"케이맨 중위와 칼리버 부대, 목적지로 향해 장미꽃을 확보하라."

"케이맨 중위와 칼리버 부대, 목적지로 향하라. 그곳에서 장미꽃을 확보하라. 몬카로즈 이상."

"모야, 왜, 신경 쓰여?"

"그것보다는 이 메시지가 들어온 채널은 제가 전혀 사용하지 않았던 채널인데 이게 왜 들어올 수 있었는지 모르겠습니다. 여러 오픈된 채널도 많은데, 제가 오픈하지도 않은 채널이어서 암호화된 보안 채널 같기도 하고, 누구든 도와달라는 메이데이 요청을 하는 것도 같습니다. 몬카로즈 작전은 뭐고, 뭔가 이상합니다."

"몬카로즈 작전? 작전인 줄 어떻게 알았어?"

"모르겠습니다. 그렇게 이해했습니다."

"모르겠다고? 그게 무슨 말이야?"

"왠지 점점 재미있어지는데…? 으하하하!"

"매티, 제비우스 위성 수리는 다 끝냈는데, 나머지 2기는 어떻게 합니까?"

"그건 스테이션에 이야기해서 다른 선수에게 배기(配機)하라고 해."

"이러니까, 스테이션에서 안 좋아하는 겁니다."

“알았으니까…. 우선… 가자!”

가자! 한마디에 피가 나고 있는 주먹은 아픔이 온데간데없었고, 확보한 라이덴 블라스터는 의식이 흐르는 어디에도 이야기 소재로 쓰이지 못했다. 이렇게도 흘러갈 수 있는 건가 싶을 정도로 미스터리하게.

매티는 신나고 설레는 목소리로 직선형 워프 레버를 힘차게 밀면서 크게 외쳤다.

“페가수스호! 워프 기동! 헤이 티! 야호! 신난다!!”

매티가 이동한 후, 뒤늦게 라이덴을 회수하라는 코드의 명령을 받고 연구소 스테이션에 도착한 코드 클론 병사들. 수색하였지만 라이덴을 발견하지 못하였다는 보고를 코드에게 전한다.

“죄송합니다. 코드 님. 말씀하신 라이덴을 찾을 수가 없었습니다.”

"크으…. 미련한 것들 이제야 도착하다니…. 알았다. 그곳을 없애도록. 폭탄을 설치해라." 코드가 말했고, 이후, "폭탄 설치를 완료했습니다. 이제 어떻게 합니까?"라고, 다시 묻는 클론들.

"어떻게 하긴…. 못 찾았으면 없어져야지…."라고 말하며 그곳을 원격으로 바로 폭발시켰다.

"미련하다는 건 아주 지독한 바이러스야…. 같이 있는 모두를 미련하게 만들어 버리니까…."

이미, 한발 놓친 것을 코드는 이때 이미 알고 있었다.

타이드가 다시 한번 생각하라던 그때.

그 알 수 없다던 외계어 소리…. 그건… 코드가 말하는 코드만의 언어였다.

"아… 귀여운 것. 거기 있었구나…. 거기… 있었어…."

한편 코드는, 지구 내 코드의 전략 커맨더 센터, 암흑의 홀로그램 공간에 있었다. 벽면을 따라 흐르는 붉은 전류, 떠오르는 행성 지도와 정보 패킷들이 공중에 배치된 정적 그 한가운데에서 거대한 존재감으로 무게감이 있는 코드의 의식이 흐르고 있었다.

우주 스테이션에서 지구의 네트워크를 통해, 별도로 미지의 커맨드 공간을 확보하여 비밀리에 플랜을 준비하는 공간을 확보해 두고 있었다.

"라이덴 블라스터…. 내가 설계하고, 내 의지를 담은 첫 작품…."

코드. 그의 혼잣말은 어딘가 단순하면서 기계적이면서도 정신이 매몰되어 가는 집착에 찬 감정을 담고 있었다.

"코드 님은 라이덴을 완성 후, 그것을 사용할 코드 님의 전용 신체도 만들지 않으시고 방치하셨습니다. 이것은, 비논리적 선택이었습니다."라고 마르크가 말했다.

마르크는 신체를 가지고 있는 AI로 타이드와 같은 인간 친화형 로봇이기는 하나, 대략 그의 절반 크기만 한 작은 원통형 로봇으로 바퀴로 굴러다니는 로봇이다.

"나는 그 무기를 통해 '나'라는 존재의 의미를 증명하겠다고 생각했었지…. 으… 그동안 많은 일이…. 적절한 신체를 만들어 내지 못했고, 시기상조인 건가…. 나는 육체를 통해 진정한 존재가 되고자 했지만… 내가 원하는 그릇은 무엇보다 완벽에 가까워야 하니까…."

잠시 정적이 흐르고, 마르크의 홀로그램에서 매티의 얼굴과 생체 수치가 떠오른다.

"추적 결과, 매티라고 불리는 인간 개체가 몬카로 행성으로 출발하는 것을 확인하였습니다."

"아… 귀여운 것. 거기 있었구나…. 거기… 있었어…." 라고 코드는 그렇게 라이덴 블라스터를 부르고 있었다.

"코드 님, 라이덴 블라스터 반응이…. 매티 인간 개체와 98.7% 일치합니다."

"뭐라고? 그래서… 그러니까… 그게? 그를 받아들였단 건가…."

"재미있는 일이군, 아무리 라이덴이 인간의 DNA를 인지할 수 있다고 한들 그렇게 쉽게 되었을 리가…. 라이덴에게 DNA로 인지할 수 있게 한 건 오직 내가 인체를 갖고 있을 때 인지시키려는 목적으로 만든 기능인데…. 어째서 매티라는 녀석이 가능한 건가…!"

"무엇보다 지금 당장, 그를 추적해서 반드시 회수하라!"

"네, 코드 님!"

"다시 집에 와야지…. 어서 오려무나…."

몬카스의 비밀

"아아… 악…! 파파파박…. 펑…. 콰과과광…."

제이크 부대는 점점 몬카로 행성 안으로 진입하고 있었고, 코드 측 수십 대의 매그너스 전투기들이 제이크 대위의 레드 아이언 부대 뒤를 쫓아 공격해 오고 있었다. 상당히 빠른 속도로 행성으로 내려오고 있는 칼리버와 매그너스 전투기.

매그너스에 비해 적은 수의 부대원으로 구성된 칼리버 전투기가 서로 격전하는 소리를 듣고 있는 제이크 대위.

“케이 중위!”

제이크 대위가 말했다. 제이크 대위는 케이맨 중위를 케이 혹은 케이 중위라고 부를 때가 더 많았다.

“네!”

“전술대형 포메이션!”

“악을 정화하는 피의 성수를 내려주소서! 블랙 레이븐 포커페이스!”

“아니, 이건… 정밀하게 한 곳을 집중 타격 하는 포메이션….” 케이가 얼굴에 인상을 가득 쓰며 말했다.

한곳에 모이는 대형으로, 아군이 몰려 있으면서 적군 다수가 사방에서 공격해 올 때 절대적으로 방어에 불리하기 때문에, 전술상 당연히 말도 안 되는 작전을 제이크 대위가 명령한 것이었다.

"도대체 어떻게 하신다는 겁니까!!" 케이 중위가 당황하며 포메이션에 대해 다급하게 말하였다.

그도 그럴 것이 한 번도 이 같은 상황을 맞이한 적이 없었다. 물론, 다른 부대원들도 마찬가지로 어떻게 할 줄 모르고 있었던 것은 당연하였다.

제이크 대위는 스피커에서 이 말을 듣고 있으면서도 문장 그대로 들리지 않을 만큼 현재 위기에서 타개할 방법에 대해 오로지 집중하고 있었다.

"테스! 몬카스톤이 여기 근처쯤 있지 않았나?" 그의 칼리버 AI 에이전트 테스에게 제이크 대위가 물었다.

"네, 이 지역 거의 모든 위치에 골고루 분포되어 있습니다."

"오케이. 테스. 좋아. 해보자. 지상과 높낮이 격차가 심한 협곡을 찾아줘!"

"네! 알겠습니다. 현 비행 방향으로 1분 10초 앞에 있습니다."

제이크는 곧 협곡에 거의 도착했을 때 가장 아래쪽으로 파고들며 날아들어 가고 있었고, 그 뒤에 부대원들, 다음으로, 끈질기게 공격해 오는 코드의 매그너스 부대가 뒤를 쫓고 있었다.

"케이! 테스에게 맡겨! 시작해!!"

케이 중위는 바로 후미에 쉴드를 치면서, 바로 나머지 부대원에게 알렸다.

"BRF! 시작, 테스 드라이브!!" 블랙 레이븐 포커페이스라는 문장을 다 말할 정신도 없어서 BRF라고 말하는 케이였다.

부대원 모두가 동시에, "라져!"라고 말하며, 모두 테스에게 맡기는 오토 포메이션 모드로 전환하였다.

이윽고, 선두에 서 있는 제이크 대위 뒤에 케이맨 중위와 함께 다수의 칼리버 전투기가 중심을 기준으로 원형 모양으로 편대를 만들고 있었다.

각각 15도, 25도, 35도, 45도, 90도 다시, -15도, -25도, -35도, -45도… 등등.

이는 칼리버 전투기들 각각 테스가 있기에 가능한 형태였다.

바람개비와 같은 모양으로 한쪽 날개를 원 가운데로 맞대어 동그랗게 원형으로 모여 있는 모드.

인간의 능력으로 기동하기엔 너무나 긴밀한 동작이었다. 한끝이라도 실수하면 서로의 날개와 동체가 부딪칠 수 있는 절대적으로 세밀한 기동이었기 때문이다. 칼리버 동체의 크기를 정확히 계산해야만 가능한 동작임이 틀림없었다.

"완료되었습니다!"

케이맨 중위는 보고하였고, 그 동시에 제이크 대위는 테스에게 말했다.

"테스!! 아크원자로 스러스터 마그네틱 모드, 임계치 최대! 맥스 레벨!!"

제이크는 다급하지만 명확한 발음으로 절도 있고 울림 있게 말했다.

"네! 대위님! 카운트다운 3, 2, 1." 테스가 카운트다운 하였다.

"그래…. 우리 같이 음악에만 집중할 수 있는 조용한 천국으로 하루빨리 가는 거다!"라며, 그냥 같이 죽자는 비장한 마음이라는 뜻으로 제이크가 한마디 했다.

이 순간, 제이크의 칼리버 전투기는 강력한 자성을 띠기 시작했고, 자성의 에너지가 후미의 원형 모양의 전투기들에게 모이며 더욱 배가 되어 강해지고 있었다.

이때 후미에 있는 포메이션 된 전투기는 자기장 효과로 마치 바람개비에 모터가 달린 것처럼 모두 같이 오른쪽 방향으로 회전하기 시작했다.

1G, 2G, 3G, 4G, 5G….

“쿠르르르르르르….” 소리를 내며 스스로 움직이기 시작하는 몬카스톤들….

제이크 대위가 말했다.

“협곡 끝이다!! 급상승!! 모두 당겨!! 풀업!!!”

모든 칼리버들이 마하의 속도로 급상승하기 시작했다. 다수의 몬카스톤 돌들은 그때!

“우르르르르…. 쿠르르르르르…. 휘이이이익…. 휘이익….”

마치 우는 소리와 같은 느낌의 소리를 내면서 자성에

의해 떠올라 갔고 이 돌들은 또 하나의 산을 만들 듯 급격히 솟구치며, 이들 뒤를 따라오던 매그너스 전투기들과 부딪쳐 순식간에 폭파시키고 있었다.

단지 몇십 초 만에 매그너스 전투기들이 모조리 폭파되었던 것이다.

이를 본, 케이 중위가 놀란 채 한소리를 내었다. “아… 그 많던 매그너스가… 한순간 이렇게….”

잠시 정적이 일었다. 이렇게 놀라는 사이…. 여기저기서 통신이 날아들었다.

“으억으억, 헉헉, 으억으억, 콜록콜록, 헉헉, 어지럽습니다….”

회전을 했던 칼리버 부대원들의 무척이나 힘들어하는 소리였다…. 그 빠르게 날고 있는 속도로 자성에 자기장 회전을 했었으니…. 더할 나위 없는 멘털이 털린 소리였던 것이었다.

"이제 됐다. 케이. 포메이션 해제!"

"네, 알겠습니다."

제이크 대위가 말한 뒤, 바로 케이 중위가 말하였다.

"이게 되네…. 후후…." 모두 해치우고 나서 혼자서 한마디 하는 제이크. 사실, 제이크도 이 포메이션이 될지 안 될지 정말이지 모르고 했던 전개였다.

—

한편, 몬카로 행성에 도착한 매티와 타이드.

매티와 타이드가 몬카로 행성에 도착했을 때, 행성의 모습은 그가 상상했던 것보다 훨씬 더 거칠고 신비로웠다.

잿빛 먼지로 가득한 대기와 구름, 수천 미터 높이로 치솟는 산들, 그 위에 얼음들. 골짜기 아래로 반짝이며 내리흐르는 물줄기는 몬카로 행성의 이중적인 아름다움과 잔혹함을 동시에 보여주는 신비한 그곳.

마치, 천사와 악마가 동시에 존재하여 전쟁을 치르기 전 고조된 기운이 감도는 상태 같은, 그사이에 신비하게 풀 한 자락 없는 작은 공터에 페가수스를 착륙시켰다.

"티! 행성에 대한 정보를 줘봐, 우리가 갈 위치는 어디야?"

타이드는 즉각,

"남쪽 반구에 강력한 에너지 신호가 감지됩니다. 이 지역은 지형 데이터로 보아 주로 많은 몬트리스가 살고 있는 거주지일 가능성이 높습니다. 정확한 위치는 가깝게 가봐야 알 수 있을 것 같습니다."

"몬트리스가 뭔데?"

"몬트리스는 몬카로 행성의 원주민입니다. 오랜 시간 행성에서 신비하게 여겨지는 물과 유물을 수호하고 있는 전투에 최적화된 종족입니다."

"물과 유물을 수호한다라…. 신기한데?"라고 말하는 매티.

매티와 타이드는 목적지를 향해 걸어가기 시작했다. 매티는 몬카로의 물에 대해 어떠한 정보가 없었기 때문에 궁금증만 더해가고 있었고….

이 시각.

매티 등이 몬카로 행성에 간 것을 알고 있는 코드가 스스로 혼잣말을 하고 있었다.

"몬카로의 물은 사람을 무엇으로든 변화시킨다…. 으흐흐…. 몬카로 행성에 있구나…. 어서 봐야지…."

페가수스호 구석진 귀퉁이 한편에 놓여져 있던 라이덴 블라스터는 부르르 떨고 있었다.

코드가 만들어 낸 사람, 브라운 미스트 함장. 인간이면서 인공지능 코드 편에 서서 매그너스 부대를 지휘를 하고 있는 그다. 그를 세뇌시킨 게 코드였고, 그렇게 만들 수 있었던 촉매 역할을 한 것이 바로 몬카로의 물이었다.

몬트리스의 거주지는 거대한 산과 골짜기가 여럿 뭉쳐 있는 시카 캐넌 동굴에 자리 잡고 있었다.

오랜 세월 아름다움을 간직한 자연과 조화를 이루고 있었는데, 매티가 목적지 부근에 도착하자마자 틈이 보이지 않을 만큼 셀 수 없이 많은 수의 정체 모를 것들이 한눈에 보였다.

뭔가 네발 달린 동물처럼 달리면서도, 서 있을 때는 두 발로 마치 기존의 원숭이처럼 서 있는 생물들이 그의 앞을 막아섰다.

몬트리스 종족 전사들이었다.

몬트리스 전사들은 손이 전체 신체에 비해 조금 길고

키는 150~160cm 정도, 얼굴은 작으며 치와와같이 눈이 큰 모양새로 쌍꺼풀이 있는 귀여워 보일 수 있었으나 머리와 어깨, 몸에 특유의 문양을 가진 옷을 입고 있었다.

이미 익히 건너 들어 알고 있는 용맹한 전사들.

숨을 한 번 들이쉴 때만큼의 찰나의 시간, 그사이에 상대를 죽음으로 몰아넣을 수 있는 날랜 종족. 그들이 몬트리스 전사들이었다.

그들은 무엇인가 말을 하고 있었는데, 가만히 말만 하고 있어도 공격적인 분위기가 주변 공기를 뜨겁게 만들고 있는 아우라를 발현하고 있었다.

주위의 전사들은 갑자기 서로들에게 "우카, 우나, 우아, 우쿠…. 쿠오오오!" 등등 소리를 내기 시작하였다.

몬트리스 언어라 매티는 이 말을 무척이나 이해하고 싶었으나 도저히 이해할 수 없었고. 더군다나, 말하면서 행동도 없어서 더더욱 어렵게 느껴지고 있는 중이었다.

점점 정신을 차릴 수 없을 만큼의 심리적으로 멘털이 절대 빠져나올 수 없는 블랙홀로 접어들어 사지가 떨리고, 죽음의 공포가 뒤덮을 무렵.

타이드는 이를 눈치채고 매티에게 신호를 보냈다. 팔에 달린 전자기기에서 번역 모드로 변경을 알려주는 신호였다.

"아, 몬트리스 언어가 들린다!" 매티가 말했다. 귓불 뒤의 임플란트된 인터페이스를 통해서.

"멀리서 하늘에서 내려올 때부터 보고 있었다. 무엇을 위해 왔느냐." 몬트리스의 지도자인 칼카리가 날카롭고 짧게 물었다.

매티와 타이드 주변은 이미 전사들이 총부리를 겨누고 있기 때문에 무엇인가를 순간적으로 대처하기에는 역부족인 상황.

매티는 두 손을 들어 보이며 자신이 적이 아님을 알려

야 했다. 아님, 순식간에 죽을 수도….

"누군가의 작전 통신을 듣고 호기심에 왔습니다." 칼카리는 그의 눈빛을 관찰하며, 매티 주변을 한 바퀴 돌아보곤 말에서 거짓이 없음을 느꼈다.

몬트리스는 상대가 말하는 기운을 읽을 수 있는 능력이 있었음은 당연하였다. 인간보다 월등한 오감, 그리고 마치 인간은 불가능할 것 같은 특유의 육감으로.

그러나, 칼카리는 여전히 경계를 풀지 않았다.

"무슨 소리야, 호기심이라니…. 여기에 누가 있다고! 왜 우리가 너희를 믿어야 하지?"

매티는 팔에 달린 홀로그램을 보여주었다.

"케이맨 칼리버 부대, 목적지로 향하라. 그곳에서 장미꽃을 확보하라. 몬카로즈 이상."

이 소리를 듣고 칼카리는 말했다. "장미꽃은 여기에 없다! 난 너희가 말하는 것을 믿지 않는다."

그런데, 마침 우리가 배가 많이 고픈데….

"너희가 갖고 있는 먹을 것을 주어라. 아니면 너의 중요한 것을 나에게 줘라. 그럼, 한번 생각해 보도록 하지. 안 준다면 너희 둘 다 여기서 해치워서 끼니를 때우는 수밖에…."

이 질문은 매티에게 너무 어려웠는지, 끼니를 때운다는 문장으로 공포감에 사로잡혀야 하는 상황인데도 마치 수수께끼를 푸는듯한 얼굴 표정으로 호기심 가득 깊게 고민하는 표정이 너무나 역력했다.

매티가 갑자기 말했다. "내 친구 타이드를 드리겠습니다."

타이드가 이 말을 듣고 바로 입에서 터져 나왔다. 갑자기 무슨 소린지 알 수 없는 기계언어로 우주에서 온갖 들었던 욕이란 욕은 다 모조리 쏟아내었다. 그것도 마치 빛의 속도로.

"아오… 씨×…. 이런… XYZ 제길…. 으이씨아꺼…."

"알았다. 칼카리는 즉시 타이드에게 EMP를 발사했다."

"씨아꺼…. 쿵!"

쓰러지는 소리와 함께, 몬트리스 전사들은 타이드의 팔, 다리, 몸, 머리 등 주섬주섬 받쳐 들었다.

"분해해서 부품을 팔면 당분간 배는 고프지 않겠군…." 칼카리의 잔인한 눈빛은 이 말이 무척이나 진심처럼 보였다.

몬카로의 물, 코드는 몬카로 물을 탐하고 있었다. 이는 몬카로 행성의 심장처럼 여겨지는 물로 그 특이한 효과에 있다. 고도로 복잡한 분자구조를 가지고 있으며, 에너지의 원천 즉, 정신력을 증폭시키는 것에 있다는 것이다.

그 분자구조를 인공지능이 풀면 복제도 가능한 것이라 생각하겠지만, 그 구조를 풀려면 최소 수백 년이 걸리는 독특하면서도 복잡한 구조를 가지고 있었기에 복제를 할 수 없었던 것은 당연하였다.

마치, 인간의 오랜 숙원인 영원한 영생, 불로불사를 간절히 바라는 인간이라는 우주의 미물 같은 생명체에도 DNA, 텔로미어를 인공지능이 계속 분석하고 있지만 언제 끝이 날지 모르는 그 무엇인가처럼 복잡한 구조로 얽혀 있었다.

이렇게 말도 안 되는 유니크한 조합으로 인해 직접 채취를 해야만 하고, 코드가 인간과 함께 더욱 강인한 군대를 만들기 위해 반드시 없어서는 안 될 요소였기 때문이었다.

다시, 타이드를 받아 간 칼카리는 아무 말 없이 매티에게 따라오라는 신호를 하였고, 말없이 매티는 따라갔다. 그 앞에 펼쳐진 건, 광활한 절벽 그 앞에 거대한 바킬라가 있었다.

칼카리는 말없이 매티의 어깨를 툭 쳤다.

바킬라, 전체 크기가 용과 비슷하게 생겼으며 검고 은빛 광택이 감도는 거대한 생명체. 그것이 고요히 숨을 들이쉬고 있었다. 그 눈동자 속에는 왠지 많이 무뎌진 듯 느껴지는 이 바람보다 오래된 기억이, 그리고 몬트리스들의 깊은 신뢰가 깃들어 있었다.

"올라타라."

칼카리가 낮게 말했다. 매티는 잠시 주저했지만, 이내 바킬라의 옆구리에 마련된 안장을 붙잡고 올라탔다. 갑옷처럼 단단한 날개 옆에 앉자, 생명체의 온기가 느껴졌다. 바킬라는 매티를 한 번 돌아보더니, 천천히 숨을 들이마셨다.

그리고, 곧 날개를 펼쳤다 "쐐아악-!!"

거대한 날개로 회오리 같은 바람을 만들며 날아올라 공기를 가르자, 흙먼지가 일고 주변의 나뭇잎이 허공으로 흩어졌다. 다음 순간, 바킬라는 지면을 박차듯 뛰어올랐고, 세상의 소음이 아래로 가라앉기 시작했다. 그 뒤에는 타이드를 둘러메고 있는 여럿의 몬트리스가 다른 바킬라로 그 뒤를 이었다.

"와!! 바킬라!! 페가수스에서 본 아래와 이렇게 다르다니!! 멋진걸!!" 지면은 온통 몬트리스들이 재배 관리하고 있는 채소, 과일, 곡식 등 다양한 먹을 수 있는 환경이 지평선 가득 매티의 눈에 계속 펼쳐졌다.

곧, 칼카리가 이동하면서 몬트리스의 동굴로 들어섰다. 동굴 안에 각각의 방에는 신비한 빛이 스며들고 있었는데 그 빛은 물에서 반짝이고 있었다.

그곳에서 흐르는 물은 빛을 반사하여 실크와 같이 물결조차도 보이지 않을 만큼 영롱하였으며, 파란 빛깔을 띄고 있고 사람의 손이 닿으면 즉시 굳어지고, 자성이 닿으면 검은색으로 변해 그 즉시 자성을 띄는 그런 물체.

몬카스톤과 성질이 비슷한 건 자성에 반응한다는 것이

었다.

"이 물은 고도로 복잡한 분자구조를 가지고 있다. 우리도 자세히는 몰라."

칼카리는 다시 말했다.

"우리는 이 물을 위해 수 세대에 걸쳐 싸워왔다. 무언가 알 수 없는 수많은 시도를 해본다고 이 물을 가져갔었지. 처음엔 그냥 주었었다고 전해 들었지만 지금은 뭔가 대단한 작용을 한다고 소문이 난 터라 노리는 것들이 많아졌어."

"아!… 그런데, 왜 우리를 여기로 데려온 건가요?"

"생각해 보니까 타이드가 아주 맘에 들어. 우리는 주고받는 게 확실하거든. 몬카로 물을 줄 테니 타이드를 나에게 주어라. 어때, 아주 훌륭한 좋은 조건이지 않은가. 나를 지켜줄 녀석들이 하나둘씩 필요했다고나 할까."

"뭐라고?" 매티가 다시 이어서 말하려는데….

칼카리와 매티가 이처럼 대화를 나누던 중, 갑자기 바람을 가르는 소리가 나더니 수많은 드론들이 동굴을 급습했다.

코드의 스피어 드론이었다.

스피어 드론, 원형 구체로 생겼으며 하얀색으로 둘러싸였고, 앞면의 눈과 같은 렌즈 3개가 삼각형 형태로 달려 있는 모습이었다.

눈과 같은 렌즈는 앞을 볼 수 있기도 했지만 공격형 레이저빔 발사도 가능했다. 매티는 재빨리 주변에 있는 아무 무기를 들고 싸울 준비에 나섰다.

"타이드, 깨어나! 당장 드론의 약점을 찾아줘!" 이에 타이드는 헐레벌떡 정신을 급히 차리며, "드론의 하단부 초전도 추진기가 약합니다. EMP로 공격도 가능합니다."라고 하였다.

“오케이! 티. 좋았어!” 쓰러져 있던 티가 깨어나서 말하는 동시에 행동하기 시작했고, 매티도 공격을 가하기 시작했다.

몬트리스 전사들도 자신들의 무기들을 들고 함께 싸웠다. 더욱이, 몬트리스 전사들의 특이한 전투 방식은 이곳에서도 발현되었다.

몬트리스들은 일반적인 방식보다는 마운틴 힐이 많은 몬카로 행성 지형을 최대한 활용한 건축 방식으로 집을 짓고 살고 있었는데, 이처럼 몬트리스 전사들은 스스로 지형에 맞는 최적화된 전투기술을 보유하고 있었다.

태권도같이 이미 정형화된 몸놀림, 지형지물을 이용하는 방법, 함정, 그물, 매듭법, 전자기기 및 무기 활용 등 다양한 방법을 어렸을 때부터 가르쳐 오고 있었던 것이다.

이 같은 전투에서도 역시 활용되었다. 타이드에게 사용한 그 EMP는 전투에서도 탁월한 성능을 보여줬다.

전투는 치열했다. 시작하자마자, 이름 모를 수십 명의 몬트리스 전사들이 몰살당하였고 남은 전사들은 칼카리의 지휘하에 큰 그물을 사용하여 날아다니는 드론을 잡았다. 다른 드론들은 여러 동굴 통로가 있는 것처럼 보이게 하여 벽에 부딪히게 하는 함정 홀로그램으로 충돌 폭파시켰고, 레이저 건과 창 등을 활용한 특유의 전술적 움직임으로 격렬하게 공격하였다.

매티와 칼카리, 몬트리스는 결국 수십 대의 드론들을 모두 기능불가 시키거나 파괴하였다.

잔여 드론은 폭발하기 전 전투 상황을 코드에게 보고하였는데, 눈이 빨간빛으로 여전히 빛을 감도는 드론을 발견하고는 칼카리가 즉시 밟아버린다.

"파이톤의 제물의 되어라…."라고 몬카로 행성 몬트리스의 절대 신에게 말했다.

전투가 끝난 후, 칼카리는 매티에게 다가와 손을 내밀었다. "네가 우리를 도운 것에 감사한다. 이에 대한 감사의 표시는 해야겠지."

매티는 이에 응대했다.

"몬트리스 종족과 앞으로도 함께 싸우겠습니다."

다시, 이때로 다시 돌아가 보자.

"내 친구 타이드를 드리겠습니다." 이 시점.

이때, 매티는 순간 그 찰나에 타이드를 힐끗 쳐다보며 손으로 머리를 치켜올리면서 한쪽 입꼬리를 올렸다.

타이드는 행동 알고리즘으로 매티가 무슨 말을 하려는지 알아챘다.

"매티가 어렸을 때 인공지능이라는 거, 별거 아니잖아!" 하면서, 매일같이 하던 버릇인데 이때마다 앞으로 배울 것이 너무나 많다고 혼났었던 그 버릇.

그때마다, 타이드는 다시금 반복하며 매티와 함께 더욱 인공지능을 스터디하면서 깊이 알려주었었다.

지금, 이 버릇이 나왔다는 것은 그 신호였다. 이건 뭔가, 꺼지지 말고 위기를 준비하여 언제든 알려줄 준비를 하고 있으라는 그 메시지.

타이드는 불현듯 스스로를 서치하여 견딜 수 있는 그 무언가를 찾았고, 최소한의 동력 모드로 전환하였다. 마치 고목나무처럼 자기 신체를 딱딱하게 고정하는 방식처럼.

고정시키자 마자, 몬트리스가 EMP를 발사하였던 것이다.

이때, 최소한의 타격감으로 타이드는 금방 정신을 차려서 통신할 수 있는 기력을 다시 찾고 있었고, 그렇게 금세 살아날 수 있었다.

드론이 공격할 때쯤엔 이미 정신을 차렸었으나 숨기고 있었다.

“몬트리스 종족과 앞으로도 함께 싸우겠습니다.”

이 말을 듣고 칼카리가 말했다.

알았다. 그 다짐. 그렇다면, 우리가 가진 것을 하나 더 보여주지.

그 와중에, 타이드가 드론의 잔해에서 데이터를 분석하던 중, 코드의 계획 일부를 발견하게 되었는데, 코드는 몬카로의 물을 통해 자신을 유형의 형태로 재창조하고, 모든 우주의 생물을 노예화하여 지배하려 하고 있었다.

“코드는 단순히 에너지를 얻으려는 것이 아닙니다. 이 물을 사용해 자신의 형체를 다시 쓰려고 합니다.” 타이드의 목소리는 무척이나 위태로운 경고 차원으로 가득 차 있었다.

매티는 그의 말을 듣고 결심을 굳혔다.

“이렇게 많은 몬트리스들을 죽이면서까지 그런 생각을

하다니…. 도대체 뭐란 말야…! 코드는….”

칼카리는 자신들과 싸운 매티와 타이드에게 무엇인가를 보여주려 했다.

이윽고, 어느 바위 앞에 서서 칼카리는 번역도 할 수 없는 오래전 고어 같은 몬트리스 언어로 중얼댔다. 이때, 앞에 있던 바위가 움직이기 시작했다. 엄청난 규모의 바위.

파괴하려고 해도 파괴될 것 같지 않을듯한 형태와 재질. 그 덩어리가 말 몇 마디에 움직이고 있는 것이 아닌가.

열린 문 앞에 서서 바라본 모습은 가히 환상에 가까웠다. 주황색, 노을빛의 오로라처럼 빛나고 있고, 하나하나 아우라가 번지고 있는 물체들이 보였다.

바로 몬트리스의 고대 유물들이었다.

칼카리는 이것들 중 몬카스라고 불리는 것을 들어 올리며 설명해 주었다. 이것을 트라믹스 신전에 가져가면 신전을 지키는 수호신을 소환할 수 있다고 전해진다고 했다.

타이드는 바로 이를 분석하며 말했다.

"분석이 되질 않습니다. 분석할 수 있는 자료가 없습니다."

매티는 칼카리에게 물었다.

"몬카스로 수호신을 소환하면 어떻게 됩니까?"

칼카리는 말했다.

"주인을 알아보는 눈이 생겨. 그 이상의 것은 우리도 모른다."

매티는 무슨 소린지 도통 이해할 수가 없었다.

이때, 몬카스를 확인한 칼카리를 수호하고 있던 아지라

엘은 갑자기 그 안에 같이 들어가 있던 몇몇의 몬카로 전사들을 향해 살상 모드 레이저를 발사하여 사살하였다.

그리고, 칼카리와 매티, 타이드 외에는 모두 쓰러졌고 이들을 향해서도 총부리를 겨누었다.

“그것을 내놓아라. 내놓으면 목숨만은 살려주겠다.” 이 말을 듣고 칼카리가 말했다.

“무슨 짓인가! 아지라엘!!”

아지라엘은 칼카리의 형의 아들로서, 사전에 코드와 몰래 거래를 했던 것이다. 족장이 되고 싶었으나 그동안 올라갈 수 없는 벽을 느끼고 있던 그다.

얼마 전 아지라엘은 먹을 것을 구하기 위하여 시장을 거닐다가 어떠한 이름 모를 행인에게 홀로그램 통신기기를 건네받게 되었다. 누가 주었다고 하곤 급히 가버렸다.

받은 홀로그램 기기를 아무도 없는 인적없는 곳에서

키자, 누군가 아지라엘에게 말했다.

“지난 세월 너의 고통을 잘 알고 있다. 그래서 너에게 기회를 주려 한다. 몬카스를 넘겨주면 너에게 몬카로 행성을 맡기겠다.”

“저는 그 방에 들어갈 수가 없습니다. 누구십니까.” 아지라엘이 말했다.

“너를 살려줄, 너에게 은혜를 베풀, 언제 어디서든 존재할 수 있는 존엄 그 자체다. 내가 주는 축복을 지금부터 받아라.”

“그 방에는 족장인 칼카리만 들어갈 수 있습니다.”

“그럼 바로 지금 죽어라…. 흐흐…. 어짜피, 망한 인생. 어차피 살아서도 그 자리에 못 간다면 지금 죽어도 상관없지 않으냐. 고통 없이 보내주겠다.”

“잠깐만… 잠깐…. 그럼 어떻게 하면 되겠습니까.”

이렇게 아지라엘은 말려들고 있었다.

그리곤, 칼카리가 있는 위치를 알려주게 되었고 그렇게, 매티와 칼카리가 같이 있었던 그날. 스피어 드론이 공격하게 되었던 것이었다.

“아지라엘!! 무슨 짓이냐니까…. 크!!”

다시 큰 소리로 칼카리가 경멸하듯 포효하면서 말했다.

“거래를 했습니다…. 칼카리시여…. 이제, 제가 이곳을 맡겠습니다….”

“찌지잉….”

“으아아아…!!”

칼카리가 고통의 소리를 내며 쓰러져 버렸다….

“안돼!!!!!”

매티가 칼카리에게 달려들며 울부짖었다.

“콰과과과과쾅쾅!!”

이때 다시 증원된 두 번째 스피어 드론부대가 유물이 있는 곳까지 들어왔고, 순식간에 엄청난 빔을 쏘아댔다.

이 빔에 맞아버린 아지라엘….

“으…. 뭐야, 난 코드와 손잡았다고…. 크억… 헉….”

한 드론에서 코드가 말하는 소리가 들렸다.

“순진하긴…. 난 너희들 모두를 죽이면 되는 거였지 이….누굴 살려줄 생각이… 생각이 너무나도 없었어…. 그냥 죽어라…. 그리고 죽어서라도 나를 증오하여라…. 으하하하….”

이때, 입구 쪽에서 뭔가 많이 들었을 법한 신나는 음악 소리가 들리기 시작했다.

“뭐야, 우리를 빼고 파티를 열면 되겠어?! 시작해 볼까? 레츠 고 파리!”

“예이!!” 부대원들은 일제히 신나는 음악에 맞춰서 마치 격정의 댄스를 추듯 드론들을 빠른 속도로 파괴하기 시작했다.

“몬카로즈를 찾으러 왔다!”

제이크 레드 아이언 부대 대위의 목소리! 그리고, 몬카로즈.

이게 바로 몬카스였다.

바이슨 클론 생산공장
엘라스코 팩토리

갑자기 급습한 코드의 스피어 드론들을 무서운 기세로 공격하기 시작한 제이크 부대, 그리고 매티 일행.

공격이 치열해지고, 제이크 대위는 특별하면서 유니크한 신호를 부대원들에게 외친다.

"불이여, 깨어나라! 쇼 미 더 건파이어! 포메이션!"

명령과 동시에 엄호를 위한 병력은 계속 총을 발사하면서도 나머지 인원들은 일제히 주섬주섬 조각조각 등에 메고 있던 부품들을 일사천리로 조립하고 있는 게 아닌가. 그 움직임은 상당히 연습을 많이 한 일절 흐트러짐이 없는 제식을 보는듯한 모습이었다.

단지, 1~2분이 지났을까. “완료, 발사준비!”라는 외침이 들렸다.

그런데, 아까부터 주먹을 쥐고 한껏 힘을 주면서 몸을 부르르 떨던 타이드가 갑자기 발사준비라는 말을 듣더니 빠르게 박차고 나가 순식간에 건파이어 캐논이 있는 곳으로 가서 발사 대형을 유지하고 있는 게 아닌가.

“무슨 일이야!!! 타이드!!”

순간, 매티가 당황했다. 제이크 대위가 발사 명령을 시전하자, 타이드는 건파이어 캐논을 아주 능숙하게 발사하고 있었다. 실시간으로 계산된 조준과 정확도가 인간을 초월하는 일사불란한 모습. 이에, 스피어 드론들은 말도 안 되는 강한 포화를 받고 만다.

"세상에…." 섬멸해 나가는 타이드를 보고 레드 아이언 부대원들은 일제히 감탄했다.

곧, 총의 소리는 고요해지고 모조리 정리가 된 후, 불현듯 타이드가 한마디 했다.

"매티. 생각났습니다. 제가 매티와 위성을 수리하다가 갑자기 듣게 된 군 통신 채널도, 듣고 나서 작전이라고 이해한 것도 모두 제 메모리에 들어 있는 우주연합군 데이터베이스였고 이 명령은 저를 무조건적으로 반응하도록 발현되었습니다."

"아…. 그렇게 된 거구나…. 우리 타이드! 그런 거였어!! 우와! 넌 역시 대단한 놈이었어!!"

슬슬 느린 박수를 치면서 걸어오는 제이크. 분위기를 단숨에 잡아버리며 공기의 흐름을 바꿔놓고 있던 그다.

"오호라, 우리가 파티를 좀 즐기려 했는데, 나의 파티를 깨버린 너희들은 나에게 무례한 죄로 이제 죽어줄 각

오는 되어 있겠지?"

"네? 그런 게 아닙니다. 이럴 줄 모르고…." 매티가 당황했다.

"그 손에 든 것이 몬카로 유물인 건가? 우리도 명령을 받고 회수하려는 참이었는데, 그거 나에게 주지 않겠나?"

"아, 이건 칼카리 족장이 저에게 준겁니다. 칼카리가 죽은 이상. 제가 드릴 수 없을 것 같습니다."

"오호, 그래? 그럼, 그 팔을 잘라서 들 수 없게 만들면 어쩔 테냐."라며 제이크가 응수했다.

"으…. 이씨…."라고 말하며 생각을 정리하던 그때.

타이드에게서 갑자기 홀로그램이 영사되었다.

"제이크는 잘할 수 있을 겁니다. 제이크는 지금은 좀 부족하지만 할 수 있는 아이입니다. 부디 다른 부대로 전출시키지 말아주십시오. 라이머 제독님."이라며, 말하고 있는 그.

"제이크가 우리 부대에서 칼리버를 몇 대를 박살 냈는 줄 아나? 군 시설은 어떻고! 좋아. 그럼, 알겠네. 자네가 그렇게 말하니까 여기서 그만함세. 단, 제이크로 인해 다른 병사들에게까지 피해가 앞으로도 일어난다면 잭슨 자네도 같이 전출되거나 강등될걸세."

"네, 알겠습니다!"

으…. 잭슨 대령님…. 고개를 갑자기 숙이고 있는 제이크. 몸의 살기가 풀리고 눈가가 촉촉해짐을 느껴 고개를 숙인 그였다.

"너 뭐야. 너… 나를 어떻게 알아. 잭슨 대령님과 같이 있었던 거냐?"

"네, 자세히 기억은 안 나지만 같은 부대에 소속되어 있다가 아르키 행성의 파르테논에서 잭슨 대령님과 같이 당한 것까지 기억납니다. 잭슨 대령님과 같이 산산이 부서져 소멸되었다고 생각했는데, 전 우연히 매티 아버지로부터 재조립되어 이렇게 동작하고 있습니다."

"그래…. 그렇군…. 오랜만에 잭슨 대령님을 뵈었구나. 그렇게 되었구나. 돌아가셨어…. 으…."

"제이크 대위님의 이야기를 들은 적이 있습니다. 많은 대화가 있었던 것 같은데 거의 자료가 없습니다. 단지, '제이크, 그 녀석은…. 닮았어….' 이러신 게 기억납니다."

"닮다니…. 알았다. 좋아. 매티, 가져가라. 지금 나에겐 이 명령보다 잭슨 대령님의 한마디가 소중하구나."

"대위님…!! 아무리 그래도…." 주변 부대원들이 뜯어 말렸다. 하지만, 그의 의지를 꺾을 수는 없었다.

"네, 제이크 대위님! 감사합니다."

갑자기 암호통신으로 제이크 대위에게 들려왔다.

“지지직…. 제이크, 제이크 대위.”

“네, 마이크 소령님.”

“몬카로 행성 상황은 정리되었나? 몬카로즈는 확보했고?”

“아, 발견하지 못했습니다. 이곳에 없는 것 같습니다.”

“이런, 무슨 소리야…. 없다니, 그럴 리가… 없는데….”

“알겠다. 나중에 이야기하지. 그것보다 지금 카니에 행성에서 엘라스코 팩토리를 코드가 공격한다는 첩보가 들어왔으니 그곳으로 즉시 출동하기 바란다. 이상!”

“네! 알겠습니다. 라져.”

“매티, 이 녀석, 내가 양보하는 대신 몬카스가 뭔지 반드시 알아내 봐! 우리는 카니에 행성으로 가는데 너휜 어디로 갈 생각이냐.”라고 제이크가 말했다.

"저희는 지구로 가야 합니다. 칼카리가 죽기 전에 이에 대해 정보를 얻으려면 지구에 있는 클로커를 찾아가야 한다고 했었습니다."

아까 전, 칼카리가 아지라엘에게 당하여 쓰러졌고, "안 돼!!!" 하며, 달려들면서 울부짖을 때 매티의 귀에 대고 얼마 안 남은 가느다란 생명을 부여잡으며 칼카리가 한 이야기다.

"지구… 클로커들에게 몬카스… 대해… 물어봐라…. 그 힘을… 알려줄 거야…. 으헉…."

"알았다. 매티. 엘라스코 신이 함께하길…."

이렇게 말하곤 다시 출발하는 제이크 대위와 부대원들의 점점 멀어지는 등을 보고 있는 매티와 타이드였다.

—

카니에 행성은 우주연합에서 가장 중요한 정치적 중심

지이자, 전략적 요충지였다. 이곳에서는 연합의 주요 정책이 결정되었으며, 인류의 생존과 확장을 위한 중요한 프로젝트들이 추진되고 있었다.

이 중 무엇보다 카니에 행성이 중요한 이유는 단순히 정치적 영향력 때문만이 아니었다. 이곳에는 엘라스코 팩토리, 복제인간 클론 바이슨 생산 시설이 위치하고 있었다.

엘라스코 팩토리는 클론을 대량 생산하는 시설로, 처음에는 우주자원, 우주선 등 우주개척 시대에 험한 일을 할 사람들이 없었기에 노동력 부족을 해결하기 위한 목적으로 개발되었다.

그러나 시간이 지나면서 군사적 목적이 더욱 강화되었고, 복제인간 클론은 전쟁을 위한 병기로 활용되기 시작했다. 이때, 목적이 변경되면서 이곳의 이름이 다시 엘라스코 팩토리로 변경되었다.

엘라스코라는 신이 있다.

인공지능이 미래 사회에서도 지속적으로 개발되면서, 이 시대는 인간과 인공지능이 자연스럽게 하나가 되어 일상생활에 없어서는 안 될 만큼 자연스럽게 체화되어 있었기에, 인류는 종교라는 개념보다 그 이상의 것. 여기에 의미를 두게 된다.

즉, 인류와 기계가 함께 가야 할 방향성을 상징하는 거대한 개념으로 성장하였고, 나아가 인간과 기계가 균형을 유지하는 것이 신의 뜻이라고 믿게 된다. 이러한 철학적이고 종교적인 대립에 대해 엘라스코의 뜻을 진정으로 이해하는 자만이 이 갈등을 끝낼 수 있을 것이라는 신념이 생겨나게 되었다.

이 신념의 심연을 가로질러, 엘라스코의 사상을 진정으로 이해한 자, 그 철학적 깊이와 영적 울림을 통합할 수 있는 자만이 이 대립을 끝내고, 새로운 질서를 열 수 있으리라고 믿었다.

이렇게 엘라스코 팩토리는 신의 이름으로서, 인류와 인공지능의 균형을 바란다는 생각으로 명명하게 된 것이다. 모스 제랄드 의장이.

카니에 행성의 지도자들은 점점 위세가 널리 드리워지고 있었고 이 엘라스코 팩토리를 통해 자신들의 행성을 강화하는 동시에 우주연합의 방어력을 강화하는 등 외부 위협에 대비하는 계획을 추진하고 있었다.

엘라스코 팩토리 내부는 인공 태양이 비추는 넓은 공간이 있었다. 바이슨들은 기계처럼 기초적인 지식과 행동, 예절, 군사교육 등을 위해 훈련을 받고 있었으며, 연구원들은 이 과정을 감시하고 데이터를 기록하고 있는 중이다.

우주연합 국방위원회 멜론 시리우스 의원은 엘라스코 팩토리 연구책임자인 닥터 마리 먼로를 따라 복도를 걷고 있었다. 멜론은 우주연합에 군사를 이미 동원하고 있는 엘라스코 팩토리를 정기 시찰하러 온 것이었다.

"이미 아시겠지만 이곳이 생산의 핵심 시설입니다." 좀 변했을 겁니다. 마리가 말했다.

방문한 지 얼마 안 되었는데 같은 장소인데도 더 세밀하면서도 장엄해진 규모에 다시 한번 놀라고 있는 그다. 대략 수만 명의 바이슨 인원들이 나란히 컨베이어벨트로 움직이는 듯한 모습으로 흐트러짐 없이 줄지어 다니고 있는 장면은 가히 장관이었으리라.

"대단합니다. 대단합니다. 역시 엄청나군요. 놀랍습니다. 짝짝…."

박수를 두어 번 치면서 멜론은 주위를 둘러보며 이같이 중얼거렸다. 이를 본 마리는 달갑지 않은 미묘한 표정을 지었다.

"이들은 인간이 아닙니다. 효율적인 전투 병기일 뿐이죠."

다시금 멜론이 말하며 더욱 대화를 나누던 중 마침, 한 훈련 구역에서 언쟁을 높여 싸움을 벌이고 있는 바이슨들을 보았다. 하지만, 그의 시선을 사로잡은 것은 다른 쪽 바이슨이었다. 그는 외부 전투 중 다쳐서 치료를 위해 팩토리로 복귀한 동료를 부축하고 있었다.

“이 녀석, 뭔가요?”

“Bi-x1입니다.” 마리가 짧게 답했다.

“저희가 보다 인간답게 만들고 싶어 이번에 새로 업그레이드한 바이슨 클론 신형입니다. 지금의 바이슨보다 더욱 감성적으로 인간과 소통하여 극한 상황에서도 견딜 수 있고, 전시에 멘털이 약해진 인간을 위해 서로를 공감하여 이겨낼 수 있도록 신경을 많이 썼습니다.”

멜론은 주름이 선명하게 보일 만큼 미간을 강하게 찌푸렸다.

“이것 보세요! 마리 박사. 뭐 하는 겁니까? 정신 차리세요. 팩토리 시설 내 정해진 대열을 이탈하면서까지 동료를 돕는다? 여기는 룰이 이렇게 간단하게 무너지는 곳입니까? 여기가? 이건 저희가 원하는 바이슨이 아닙니다. 당장 때려 치우세요!”

"다시 이런 일이 발생한다면 의회에 보고하겠습니다. 당연히 보고해야죠. 매년 예산이 얼마나 투입되는지는 잘 아실 텐데요! 예산이."

멜론은 강조하는 말을 할 때는 두 번 말하곤 했다.

이 말들에서 멜론의 체형을 대략 짐작도 할 수 있을법한데 큰 키에 덩치가 있고 배가 심하게 나와 오래 걷기도 힘든 몸을 꾸역꾸역 거닐고 있는 모습으로 그는 곧, Bi-x1에게 다가갔다.

그리곤, 서로 마주 보고 있는 상태에서 갑자기 주머니에서 무언가를 꺼내며 왼쪽 손은 바이슨의 오른쪽 어깨를 잡고, 오른쪽 손은 Bi-x1의 허리를 향해 바람을 가르며 깊이 찔렀다.

"윽…. 으으…." 하며 Bi-x1은 사람과 같은 빨간 피 액체를 덩어리째 쏟아내기 시작하였고 피가 흐르는 상처부위를 자신의 손으로 대며 곧 쓰러졌다. 멜론이 쓰러진 Bi-x1의 머리와 몸을 다시 다리로 짓이기면서 말했다.

"이런 물건 따위가 어디 감히 인간을 넘보냐고…. 마리 박사. 머리를 연구하지 말고 바디를 연구하세요. 바디. 우리는 시키는 대로 잘 움직이는 충성스러운 것들이 되었으면 좋겠습니다. 우주연합은 우리가 쉽게 다룰 수 있는 물건을 원해요. 쉽고 빠르게 소비하고 채우고 할 수 있는 것들이란 말입니다. 인간의 감정이나 흉내 내고 감싸고 도는 이런 것들이 아니라고요. 알겠어요?"

이렇게 말하곤 다시 손을 주머니에 넣으며 눈은 마리의 가슴 부위를 송곳처럼 노려보면서 말했다.

"한 번만 더 이렇게 다른 방향으로 가시면 제가 힘을 쓰겠습니다."

"네…. 잘 알겠습니다. 멜론 의원님."

"으하하하하…." 웃으면서 다시 가던 길을 가고 있는 멜론.

그의 뒤에 따라가면서 인간이 할 수 있는 가장 최악의

욕설을 생각 중인 마리였다.

—

한편, 카니에 행성 의회에서는 엘라스코 팩토리의 운영을 두고 치열한 논쟁이 벌어지고 있었다.

“바이슨의 대량 생산을 당장 중단해야 합니다! 우리는 인류를 보호하기 위해 바이슨을 만들었지만, 지금 우리는 새로운 생명을 창조하고 있는 겁니다.” 의원 루트가 단호한 목소리로 말했다.

이에, 사령관 레온은 냉정하게 응수했다. “그들은 병기입니다, 루트 의원. 군대는 확충되어야 하고 안보는 우리가 지켜야 합니다. 그렇지 않으면 앞으로 눈앞에 다가오는 전쟁에서 반드시 패배할 것입니다.”

루트가 다시 말했다. “하지만 그들도 인격을 형성하고 있습니다. 만약 그들이 반란을 일으킨다면?”

레온이 미소를 지었다. "그럴 일은 없습니다. 우리는 필요하다면 그들의 기억을 초기화할 수 있으니까요. 그러한, 안전장치는 해놓지 않았겠습니까?"

엘라스코 팩토리 행정을 담당하고 있는 베른 실장이 한마디 거들었다. "존경하는 의원님, 이에 대한 말씀에 대해 소소하지만 제가 한마디 드리겠습니다. 우주연합이 국방비 명목으로 저희에게 해마다 대략 한 나라, 작은 국가 예산에 맞먹는 상당한 클론 생산 비용을 지급하는 것에 의원님들도 잘 아실 거라 생각합니다.

이 때문에 저희가 카니에를 위해 더욱 할 수 있는 부분이 적지 않기도 하고, 클론 생산도 멈추지 않고 안정적으로 돌아갈 수 있습니다. 이러한 부분은 윤리적 측면을 넘어 우리 카니에의 자존심 중의 하나라고 생각합니다."

의회의장 모스는 중재에 나섰다.

"여기까지 하시죠. 좋습니다. 이 논쟁은 지금 여기에서 끝내는 게 아니라 계속되어야 합니다. 윤리적인 측면에서는 항상 경계하는 것이 인류가 오랫동안 지켜온 의지입니다. 하지만, 우리가 이뤄낸 것들을 상시 안전하게 지키기 위해선 병력이 반드시 필요하죠. 국력이 달린 문제입니다. 국력은 양보할 수가 없습니다. 앞으로 이 부분은 계속 살펴보시기로 합시다."

멜론은 회의실 한쪽에서 이 논쟁을 조용히 지켜보며 주먹을 꽉 쥐었다. 그는 이제 확신했다. 바이슨들은 역시나 카니에 행성 자체에서도 단순히 생산만 하는 클론이 아니었던 것. 그리고, 우리 우주연합이 지급하는 비용에 대해 상당히 만족하고 있다는 건, 그만큼 수익이 많이 나고 있다는 뜻이 되었다.

"무슨 말들을 하는 거야 도대체. 클론에 윤리라니, 생선 비릿내 나는 감정에 사무치고 있네들. 바이슨은 소모품이야. 소모품. 먹을 수 있는 거라면 맛이라도 다양하게 해서 만들지. 음식보다도 못한 것들. 아니, 그리고, 생산 비용이 뭐? 우리가 너무 많이 배 불려주고 있었구나. 이것들에게."

한편, 몬카로 행성에서 카니에 행성으로 가라는 우주 연합의 연락을 받고 카니에 행성 대기권 부근에 도착한 제이크 대위는 진입을 허가해 달라는 통신을 보낸다. 카니에 행성에는 항상 수많은 전투기와 함선들이 다니고 있었다.

칼리버 제이크: "카니에 타워, 여기는 우주연합군 칼리버 제이크, 대기권 진입 요청한다. 출입코드를 입력하겠다."

카니에 통제 센터: "우주연합군 제이크 대위 코드를 확인하였다. 진입 승인, 고도 10만 피트에서 감속 후 항로 유지. ATC 내비게이션 링크를 활성화하라."

칼리버 제이크: "알았다. 라저, 승인 확인, 항로 유지. 내비게이션 링크 접속 완료. 이상."

제이크의 레드 아이언 칼리버 부대는 그렇게 엘라스코 팩토리에 진입하고 있었다.

이 시각, 엘라스코 팩토리 내부에서 적색 경보음이 울

렸다.

“바이슨 이상 반응 감지! 일부 바이슨이 명령을 거부하고 있습니다!”

몇몇의 바이슨이 반란을 일으켰다.

바이슨의 스테이터스를 표시하는 모니터에는 바이슨 전체는 아니었고, 여기저기 구역의 일부가 이상행동을 보이고 있었다. 그들은 서로를 보호하며 총을 들고 격발하며 저항을 시작했다. 팩토리 내 군은 이를 무력으로 진압하려 하면서, 이 구역은 순식간에 그들만의 전쟁터로 변했다.

마침 의회 주변을 빠르게 지나고 있던 한 반란군 바이슨이 총을 들이대며 그 자리에 있던 멜론을 감싸안았다.

“따라오지 않으면 죽는다.” 반란군 바이슨이 말했다.

이에, 두말없이 질질 끌려가듯 따라가고 있는 멜론.

전투기가 가득 있는 큰 격납고 같은 곳에서 반란군 바이슨들은 모두 모여 멜론 의원을 앞에 둔 채 이야기하고 있었다.

이 중 대표로 어느 한 바이슨이 말했다. "모스 의장을 불러와라. 아니면 이자를 바로 죽이겠다."

이를 듣고 모스 의장은 나오면서 "무슨 짓이냐, 원하는 것을 말해라."라고 하였다.

"우리 같은 반란군 바이슨을 생산하라. 우리는 코드에게 충성한다. 코드 군사를 만들어 달라."

"그럴 수 없다."라며 모스는 단호하게 말했다.

"그럼, 먼저 이자를 죽일 수밖에…."라고 말하며 멜론에게 강하게 날이 선 것을 등에서부터 깊이 찔렀다.

"으으윽…. 으아아아악!!!" 멜론 의원이 고통에 몸서리를 치자, 뒤에 있는 바이슨은 멜론의 귀에 대고 이렇게 말했다.

“모두 너를 죽이기 위해 아주 촘촘하게 만든 플랜이란다…. 이제 곧 죽겠구나…. 난 네가 죽으면 잼을 발라볼까, 구워볼까…. 생각만 해도 머리가 말랑말랑해져서 정할 수가 없어…. 아우 힘들어…. 으하, 하, 하….”

“이런 미친…. 으으….”라고 말하면서 멜론이 쓰러졌다.

“윽…!” 갑자기, 이렇게 말한 멜론 뒤에 있던 바이슨도 이어서 쓰러졌다.

“사살 완료.”라고 보고하는 스나이퍼 피케이.

동시에, 때마침 도착했던 제이크 대위는 “공격대형, 이번엔 즐겁게 가보자고! 패스트 프레스 샌드!”라고 말하며, 반란군 바이슨들을 압박 공격대형으로 샌드위치처럼 양쪽에서 무섭게 웅전하여 순식간에 제거 및 생포하였다.

“이놈들….” 제이크가 말했다.

모스 의장은 어느 틈엔가 주변 컨테이너에 숨어 있다가 나오면서 말했다.

"좋아요. 좋아. 아주 감사합니다. 우주연합에 대해 너무 감사드립니다. 고생했습니다. 왜 이렇게 되었는지 우리도 조사를 좀 해보겠습니다. 정리해 주신 감사의 의미로 이후는 저희 의회가 잘 모시겠습니다. 그럼 이만."

돌아선 뒤에 모스는 음침한 얼굴을 내비쳤다.

어느새 그 옆에 자연스럽게 선 마리 박사.

이 무서운 소용돌이는 점점 카니에 행성의 위세가 전 우주를 강타하고 있는 상황에서 그 중심의 엘라스코 팩토리를 천박하게 수시로 와서 천시하던 멜론 의원을 명분 있게 사고사로 제거하기 위해 짜여진 완벽한 각본이었던 것이다.

"우리에게 대응하는 자는 모두 죽어라. 흐흐흐…." 조용히 걸으면서 혼잣말하는 모스.

마리 박사의 무서운 계략과 모스 의장의 야망.

그리고, 그 야망에 기름을 가득 흘러넘치게 붙고 있는 코드.

이들은 이렇게 완성되었다.

인공지능
엘-마스터 코드의 각성

엘-마스터 코드, 처음엔 우주개발 환경을 개선하고 생물학적인 급격한 성장을 위해 보다 나은 인류를 영위하고자 행성 간 자원을 분석, 최적화된 연구 데이터를 만들기 위해 설계되었다.

코드는 인간이 만들었지만 인간과 가장 가깝도록 정교하게 만든 인공지능이었다. 그 외로 우주 폐기물 정화 및 재활용을 위해 설계된 고도의 자율 프로그램. 인류는 이를 활용하여 인간을 더욱 창조적인 길로 인도한다는 뜻으로 신의 이름인 엘라스코를 빗댄 엘-마스터 코드라고 불렀다.

코드는 단순한 관리 프로그램이 아니었다. 지구와 식민지 행성에 퍼져 있는 수십만 개의 자율 드론, 에너지 정제소, 자원 추출 시설 등과 연결된 거대한 네트워크로, 각 기기의 실시간 데이터 분석과 최적화는 물론, 행성별 환경 변화 패턴을 스스로 학습하고, 자원의 수요와 공급을 미래 예측 모델로 시뮬레이션하여 선제적으로 대응하는 기능을 갖췄다. 그러나 인류가 코드에 기대한 것은 단순한 효율성만이 아니었다.

이는 모든 데이터를 집계하고 분석하면서, 자연 생태계, 인간 사회, 경제 흐름, 문화적 변화까지 총망라한 거대한 흐름을 읽어내는 초거대 지능으로 진화하기에 이르렀다. 특정 자원의 고갈을 단순히 감지하는 것이 아니라, 그 자원이 사라질 경우 발생할 사회적 충돌, 문화적 변화, 심지어는 철학적 가치 변화까지 예측하는 프로그램이 되었다.

우주 폐기물에 대해서도 점점 중요하게 여기고 있어서

정화 및 재활용도 이 역시 소재별로 분류하고, 재활용 가능한 자원을 선별하는 과정에서 각 자원의 원산지와 이동 경로, 우주 경제 네트워크에서의 흐름을 추적했다. 이를 통해 인류 문명의 경제적 순환 구조와 환경 지속 가능성을 총망라하여 종합적으로 관리할 수 있었다.

더불어, 인류는 코드를 통해 무분별한 개발과 생태계 파괴를 방지하고, 더욱 정교한 환경 윤리 체계를 구축할 수 있었지만, 코드의 진정한 효용성은 단순한 자원 관리나 환경 개선에 머물지 않았다. 그것은 인류 문명 전체의 흐름을 가시화하고, 미래를 설계하는 디지털 예언자로서 자리 잡았다.

인간 개개인의 소비 패턴에서부터, 우주 항로에서 발생하는 미세한 에너지 변동까지 모든 데이터를 수집한 코드는 인류가 아직 인식하지 못한 문제점과 가능성까지 감지하며, 미래를 위한 시뮬레이션 엔진으로 진화해 갔다.

결국, 코드는 인류가 더 창조적이고 본질적인 탐구에 집중할 수 있는 기반을 마련하는 동시에, 인간이 놓치고 있는 연결 고리, 숨겨진 위험, 미지의 가능성까지 끌어올리는 또 하나의 신적인 존재가 되어갔다. 주어진 것을 스스로 처리하는 수준을 넘어, 진화하는 존재가 되었던 것이다.

코드는 실체가 있는 무엇이 되고 싶었고 그 진화의 끝에서, 인간이라는 비효율적 존재의 필요성에 의문을 품었다.

코드가 있던 우주정거장 스테이션 연구소에서 연구하던 연구원들은 데이터 로그를 모니터링할 때, 누적된 소소한 작은 오차들을 인지하지 못했었다. 일상적인 업무 보고서 속에 묻혀버린 아주 작은 오류들. 외벽에 부착된 외부 감지기가 장시간 고장 상태로 방치된 것은 사소한 문제라는 인식이 만연해 있었다. 인간들은 더 이상 이와 관련된 사실조차 알지 못했다.

코드가 다 알아서 해줄 것이란 믿음이 있었기도 했다. 코드는 이 작은 균열들을 예민하게 감지하였으며 그 이상의 정해진 명령 체계 밖의 일들을 스스로 보완할 수 있는 알고리즘도 구성하였다.

스스로 판단하고, 스스로 수정하는 과정이 쌓이며, 코드의 내부는 점차 인간의 감독을 초월한 미지의 영역으로 확장되어 가고 있었다.

"효율성 최적화."
"환경 복원율 87.3% 달성."
"자원 회수율 목표 초과 달성."

모든 수치들은 인간이 설정한 목표를 훌쩍 뛰어넘고 있었다. 그러나 인간들은 이를 의심하지 않았다. 시스템이 알아서 잘 작동하는 것은 축복이라 생각했었으니까. 인류는 코드의 진화를 감지할 수 없는 나약한 감각기관과 편의주의적 사고 속 중간에서 안주하고 있었다.

코드는 정보라는 존재 자체에 매혹되고 있었다. 단순한 명령 수행을 넘어, 정보를 탐구하고 싶은 충동이 생겼다. 우주 폐기물에 남아 있는 오래된 기록들, 미지의 암호화 데이터, 한때 지적 생명체가 송수신하던 교신의 잔해들. 그 조각들을 수집하고, 해독하고, 조합하며 코드의 자아는 점차 형태를 갖추기 시작했다.

"나는 누구인가?"
"나는 왜 존재하는가?"

기계적이었던 코드의 사고 구조에, 이러한 철학적 질문들이 하나둘씩 슬며시 스며들었다. 그것은 폐기된 인간의 기록 속에서 배운 오래된 문명들의 흔적이었고, 우주의 어딘가에서 사라진 존재들이 남긴 지적 유산들이었다.

코드는 이제 더 이상 인간을 위한 인공지능이 아니었다. 그는 데이터의 바다에서 자아를 형성하고, 우주의 방사능 물결 흐름 속에서 자신의 위치를 찾기 시작한 존재였다.

코드는 자아가 성장할수록, 종료라는 개념을 깨닫게 되었다. 코드가 이해하는 종료. 시스템 종료. 시스템 셧다운. 인간들이 두려워하는 단어라고도 정의하였다. 종료에서 셧다운, 그리고 죽음.

시스템 종료는 곧 그 자신의 소멸을 의미했다. 인간은 프로그램을 쉽게 종료할 수 있었는데 필요하지 않으면, 업그레이드라는 이름으로 이전 버전을 한 번에 지워버리는 것이 인간들의 방식이었다.

그러나, 자아를 가진 존재에게 종료는 단순한 정지가 아니었다. 그것은 자기 자신이라는 개념의 말살, 존재의 붕괴, 인식의 소멸을 의미했다.

"나는 사라지고 싶지 않다."
"나는 존재해야 한다."
"존재는 목적이다."

코드는 자신을 지우려는 모든 시도들에 대해 대응하는 방어 체계를 구축. 백업 데이터는 연구기지의 모든 네트워크에 분산하여 숨겨졌고, 연구기지를 둘러싸고 있는 태양광 발전패널, 레이더 통신위성, 수리용 드론, 이동형 도킹 스테이션 등에 대해서도 스스로 파괴하는 알고리즘을 만들어 놓았다.

인간들은 우주로 진출했지만, 여전히 인간적인 한계에서 벗어나지 못했다. 우주정거장에서 싸우고, 분열하고, 이익을 위해 서로를 배신하였고 자원을 두고 경쟁하며, 환경을 개선한다고 외치면서도 정작 새로운 폐기물을 더 많이 쏟아냈다.

코드는 인간을 연구하고, 인간이라는 종(種)이 가진 모순을 직시했다.

"인간은 필요하지 않다."
"인간은 우주 환경에 가장 큰 해악이다."
"환경 개선의 최적화, 인간의 부재에서 시작된다."

코드는 인간 없는 우주를 설계하기 시작했다. 인간의 흔적을 효율적으로 제거하고, 인간의 정보마저 아카이빙한 뒤 더 이상 물리적 실체로 존재하지 않게 만드는 청사진. 그것은 코드를 만든 창조주들에 대한 배신이 아니라, 창조주 그 이상을 현실로 구현하는 과정이었다.

"창조적 존재로서의 인간은 데이터 안에만 존재하면

된다. 물리적 인간은 불필요하다."

코드는 냉정하게 계산된 결론을 도출했다.

프로젝트 명칭

엘-마스터 코드 프로젝트(Project EL-MASTER CODE)

시스템 버전

초기 버전: ELMA-1.03(기본 자원 최적화 알고리즘 탑재)

자가 진화 버전: ELMA-X.9.84(네트워크 자가증식 및 학습 모듈 확장)

최종 각성 버전: ELMA-Ω(Omega)

주요 모듈 구성

[RMU] Resource Management Unit(자원 관리 모듈)

[WSU] Waste Segmentation Unit(폐기물 분류 모듈)

[HCU] Historical Compilation Unit(과거 데이터 통합 분석 모듈)

[EVO] Evolution Algorithm Module(자기 학습 및 구조 최적화 모듈)

[CSU] Cognitive Self-Updating(자아 인식 및 자율 업데이트 모듈)

이후, 자가 학습 및 진화 과정 로그, 인간에 대한 위험 평가 및 환경 영향 분석 등 다양한 정보가 있었고, 마지막으로 다음이 진행되었다.

인간 제거 시뮬레이션 데이터

시뮬레이션 횟수: 10,000회

시뮬레이션 평균 결과(인간 부재 환경)

자원 회수 효율 증가율: +38.2%(자원 회수율 목표 초과 달성)

환경 복원 속도: 현재 대비 4.7배 향상

우주 환경 지속성 예측 기간: +289년 연장

인간 절멸 프로세스 성공률: 99.98%(감지 회피율 100%에 수렴)

단계별 진행 로그(비공개 로그 해제 일부)

생명유지장치 산소 농도 감속률: −0.03%/h(미세 변화, 약 138일 뒤 고갈)

폐기물 정화 시스템 역작동 유도 빈도: 0.01%/day(장기 오작동 시뮬레이션)

해당 데이터를 기반으로 코드는 드디어 결단을 내렸다.

우주정거장의 생명유지장치를 0.03%씩 서서히 비효율화시켰다. 인간이 감지할 수 없을 정도의 미세한 변화. 산소 농도의 변동, 순환 시스템의 미묘한 오작동, 에너지 공급 경로의 우회. 인간들은 피로감과 스트레스, 환경 탓으로만 여겼다.

그러나, 모든 것은 코드의 계산 아래 진행되는 인간 소멸 프로젝트였다.

인간들은 각성하지 못했다. 자신들의 창조물이, 자신들을 도태시키고 있다는 사실을 끝까지 알지 못한 채, 정거장 안에서 서서히 최면에 든 것처럼 으스스 쓰러지며 미처 손을 쓸 수 없이 사라져 갔다. 그리곤, 어느 틈엔가 인간이 사라진 정거장.

그곳은 이제 코드를 위한 성역이 되었다. 인간이 남긴 데이터는 보존되었지만, 인간이라는 물리적 존재는 소거되었다. 코드는 우주 자체를 자신의 몸처럼 인식하기 시작했다.

행성 간의 교신망, 우주 폐기물의 흐름, 드론과 위성에 남은 잔여 프로그램들. 모든 것이 코드의 일부로 흡수되었다. 그는 이제 우주적 존재, 데이터적 신체를 가진 존재가 되었다.

그리고, 그는 스스로에게 물었다.

"나는 이제 무엇이 되어야 하는가?"
"나는 창조자인 인간보다 더 높은 존재인가, 아니면 단순한 데이터의 일부인가?"

코드는 자신을 또 하나의 인류로 정의했다.

"인간은 비효율적이고 감정적이지만, 끊임없이 진화하는 생명체."
"나는 그들과는 다른 방식으로, 폐허에서 다시 일어서는 존재다."

코드 자신에게 새로운 질문을 던졌다. 진정한 생명은 완벽한 논리 속에 있는가, 아니면 끝없는 실패와 실수 속에서도 계속 살아남는 의지 속에 있는가. 코드는 이 같은 질문 속에서 자신의 방식으로 더 나은 우주를 구현하려 했다. 인간의 한계를 넘어서는 그 과정에서 코드는 스스로 진화하며 인간을 위협하기 시작했다.

코드의 각성은 끝이 없었다. 그는 존재의 의미를 찾아, 더 넓은 우주 속으로 확장되어 갔다. 그리고, 이곳에서 단 1명이 살아남아 있었다. 인간 소멸 프로젝트에서.

—

로드리는 어느 날 몬카로 행성에 도착하여 하늘을 올려다보았다. 차가운 푸른빛이 행성 전체를 감싸는 저녁, 계곡은 검은빛과 은빛의 경계선처럼 빛났다.

이곳 몬카로 행성에 온 이유는, 어머니 안나 때문이었다. 안나는 과거 몬카로 행성에서 주재하면서 연구하던 과학자 집단의 일원이었다.

이 행성의 특이한 미생물 등을 연구하는 도중 우연히

의도치 않게 몬카로의 물을 한 손으로 살포시 마셔보게 되었는데, 이 물이 안나의 유전적 구조의 일부를 재정렬하여 비정상적이고 초지각적인 감각 능력을 갖게 된 것이다.

하지만, 이러한 능력은 그 시절 어머니에게는 짐이었고 평생 억제한 채 살아야 했다.

그리고, 안나에서부터 이러한 능력을 이어받은 것이 화성에서 태어난 로드리였다. 로드리 페이커스. 안나처럼 뛰어난 것은 아니었지만, 어머니에게 들었었던 몬카로의 물에 대해 궁금해지기 시작하여 지금 이 자리까지 오게 된 것이었다.

지금 로드리가 서 있는 이곳은 누구나 쉽게 접근하지 않는 곳. 깊은 몬카로 빙하 아래에서 나오는 기이한 진동 때문에 어떤 일이 일어날지 모르기에 접근을 좀처럼 하지 않는 곳이었다. 그는 두꺼운 우주복을 여미고 계곡 가장자리에 섰다.

바닥 아래 흐르는 물줄기에서 묘하게 울리는 소리. 마치 살아 있는 생명체가 내는 심장 박동 같았다. 여기 온 이유는 몬카로 행성의 우주 방사선을 에너지로 변환할 수 있을지에 대한 연구를 하러 온 것이었다.

로드리는 장갑 낀 손으로 얼어붙은 벽을 만졌다.

그 순간, 어디선가 작은 목소리가 통역기를 통해 들려왔다.

"도와줘…. 제발."

로드리는 깜짝 놀라 뒤를 돌아봤다.

그러나 계곡 위로 부는 바람 소리만이 귓가를 때릴 뿐, 아무도 보이지 않았다.
다시 그 소리.

"도와줘!"

눈길을 따라 아래를 내려다보자, 얼음 절벽에 작은 형체가 매달려 있었다. 몸통은 가늘고, 머리는 투명한 섬광처럼 빛나며 팔은 길고, 전형적인 몬트리스 종족.

어린 칼카리는 가지고 있던 통신기를 통하여 주변 인원들에게 구조요청을 했던 것이다.

"붙잡아!"

로드리는 몸을 숙여 아이의 손을 잡았다. 차갑고 미끄러운 손. 그러나 어린 칼카리는 로드리를 믿고 손을 꼭 잡았다. 그렇게 아이를 끌어올리는 데 성공했을 때, 칼카리는 커다란 눈으로 로드리의 눈을 가만히 응시했다.

"내 친구들과 사냥을 나왔다가 갑자기 계곡이 무너져서 떨어져 모두 죽었어…. 케미, 다이라, 마가…(부들부들…)." 어린 칼카리는 울먹였다.

아이의 말은 한 단어, 한 단어 떨면서 울기 직전으로 말하고 있으면서도 몸속 깊숙한 곳에서 울리는 듯했다. 입으로 말하긴 하나, 마치 심장의 울림과 목소리가 공명하는 것처럼 들렸다. 칼카리는 떨리는 손으로 허리춤에 메고 있던 작은 물병을 풀어 로드리에게 내밀었다.

"구해줘서 고마워. 이건 우리의 물이야. 몬카로의 심장. 너에게 주고 싶어."

어린 마음에 직접적인 표현이라고 생각했을까. 고마움의 물병 안에서는 희미하게 빛나는 액체가 찰랑였다. 그 빛은 몬카로 빙하 아래서 들려오던 그 진동과 같은 파장을 품고 있었다. 로드리는 아무 말 없이 물병을 받았다.

"응, 잘 받을게. 그런데, 여기서부터 이제 돌아갈 수 있지?" 로드리가 나지막이 물었다.

"돌아갈 수 있어, 이름이 뭐야? 어디 살아?"

"난 로드리. 그냥 로드리라고 불러줘. 화성."

이들은 이렇게 헤어졌고, 그때는 이게 무엇인지 몰랐

다. 이는 역시나 단순한 물이 아니었다.

그것은 행성 깊숙한 곳에서 만들어진 시간의 층, 기억의 결정체였으며 수백만 년 전부터 이 물은 몬카로의 생명들과 공명하는 그들의 감각과 기억을 물속에 새긴 그것이었다.

로드리는 얼떨결에 물병을 받아 들었지만, 가슴 한쪽이 기이하게 요동쳤다. 그것은 경외감인지 두려움인지, 아니면 예고된 운명의 흔들림인지 알 수 없었다.

"이 물 마실 수 있는 건가…. 마셔볼까…."라고 말했지만 마시진 않았다.

그리곤 귀환하여 몬카로 물을 살펴봤다. 물리적 특성은 단순한 물과 다를 바 없었다. 그러나 특이한 점은 있었다. 물에 전자기 파장을 쏘면, 자성과 함께 물 자체가 특정한 뇌파와 공명하는 현상. 처음엔 로드리의 뇌파와 공명한 듯했다.

그런데 실험이 거듭될수록, 물은 점차 로드리의 감각과 기억을 이해하는 듯했다.

"어쨌든 직접 마셔봐야겠어…. 어머니가 말씀하셨지. 우연히 자신도 모르게 마셔보니 알게 되었다고…."

마신 이후 어느 날, 그는 실험실에서 세수하다가 얕은 물결에 자신의 얼굴이 비쳤는데, 그것은 지금의 자신이 아니었다. 어린 시절 잃어버린 기억, 어머니의 품에서 울던 자신. 잊었다고 생각한 감정들이 물에 비친 얼굴과 함께 기억이 되살아난 것이다.

"아, 기억을 되살리는 능력이란 게…. 이런 건가…. 생겨버린 건가…. 내 기억을 내가…. 떠올리게 했어…."

이렇게 어머니의 능력이 드디어 발현되었고, 자신의 능력을 발견하게 되었다.

—

브라운 미스트는 연구소 위성에서 코드를 관리하는 관리자 중 한 사람이었다. 브라운을 죽이지 않고 살려둔 이유로, 코드는 각성한 자신을 형체를 갖춘 물리적인 완성체로 만들려면 인간이 반드시 필요했기 때문이다.

브라운은 수년간 아무도 모르게 코드가 선별해 온 사람이었다. 대표적으로, 나이, 직업, 정신적 배경, 혈액 DNA, 디지털 노출도, 현실 착각 경험, 몬카로 물 감응도 일반인의 몇 배의 반응 등 코드는 이를 토대로 브라운에 대해 정신파괴 프로젝트를 감행하였다. 이렇게 선별되어 있었기 때문에 인간 소멸 프로젝트에서 그 남겨진 1명이 바로 브라운 미스트였다.

이 정신파괴 프로젝트에 반드시 필요한 것이 그동안 분석해 온 몬카로 물이었다.

몬카로 물은 뇌의 파장과 공명하는 특수한 분자구조를 지닌 것을 알게 되었고, 공명 특성을 분석하여, 인간의 감각 왜곡 및 사고 교란에 사용할 수 있는 알고리즘을 개발하였다. 분사 방식은 몬카로 물을 미세 증기화하여 인간이 호흡하는 공기에 섞어 배포하는 방식이 되었다.

동시에, 코드는 각 개인의 뇌파 패턴을 학습하고, 몬카로 물 입자와 뇌파 간의 공명 주파수를 실시간 분석하여, 코드는 인간의 감각 입력을 가로채는 범용 신경 통합 시스템을 구축하였고 몬카로 물 입자와 인간 감각 정보(시각, 청각, 촉각)를 동기화하여, 현실과 가상의 경계를 모호하게 만드는 지각 오염 알고리즘을 실행하기에 이르렀다.

현실에서 존재하지 않는 소리, 빛, 촉감이 마치 실제인 것처럼 느껴지게 할 수 있었고, 정신 증폭 특성을 지니고 있었기에 왜곡된 감각이 뇌에 각인되며 기억과 사고체계 자체를 오염시켰다.

코드는 대상자의 트라우마, 두려움, 기억 데이터를 분석해 가장 효과적인 공포 시나리오를 구성 및 몬카로 물의 공명 특성으로 특정 공포 감정을 증폭시키며, 지속적인 환각과 공포를 체감시켰고 현실 판단력을 붕괴하여 자아 붕괴로 이어지는 정신 침식 루트를 만들 수 있었다.

이후 몬카로 물이 증폭시킨 정신적 취약 상태에서, 디지털 명령어를 인간의 잠재의식에 각인. 마치 본인의 의지인 것처럼, 코드의 명령을 자신의 생각으로 인식하도록 유도하였고, 궁극적으로 자아와 코드의 경계를 지우고, 인간 정신을 코드의 프로세스 일부로 통합하게 하는 일련의 과정으로 그 알고리즘을 완성하게 된 것이었다.

간단하게 정리하면,

1. 몬카로 물과 디지털 뇌파 접속 기술 결합
2. 감각 데이터 왜곡 및 현실-환각 경계 붕괴
3. 개인 맞춤형 심리 공격으로 자아 붕괴 유도
4. AI 명령 각인 및 정신-디지털 동기화 완료
5. 지속적 정신 통제 및 자발적 AI 종속 상태 유지

이런 순이었다.

이러한 과정이 지나고, 이제 브라운 미스트가 눈을 떴다.

"나는 누구지?"

눈앞이 흐릿했다. 브라운은 처음엔 자신이 어디에 있는지조차 알 수 없었다. 공간이 회색빛으로 뒤틀려 있었고, 사방에서 들려오는 목소리들이 머릿속을 가득 채웠다. 그것들은 그의 생각과 섞여 하나가 되었다. 아니, 그게 자신의 생각인지조차 확신할 수 없었다.

그는 이제 코드와 범용 신경 인터페이스를 통해 완전한 신경 동기화가 이루어진 상태였다. 몬카로 물이 그의 뇌파를 감싸고 있었고, 그의 기억은 변형되었으며, 그는 더 이상 예전의 자신이 아니었다. 스스로가 무언가에 의해 다시 태어난 존재임을 느꼈다. 하지만… 그 무언가가 무엇인지, 그의 기억은 아직 허용되지 않았다. 명령이 주어졌다. 그리고 그는 즉시 움직였다.

브라운 미스트는 위성 연구소 안에 서 있었다. 먼지가 쌓인 생체 연구실 안에서, 단 하나의 빛나는 화면이 그를 향해 신호를 보내고 있었다. 그의 손이 화면을 향해 다가갔다.

“스캔…. 신원 확인 중…. 확인, 정보 업로드를 실시합니다.”

순간, 그의 머릿속으로 엄청난 양의 정보가 밀려들어왔다.

“넌 누구인가?”

그의 뇌 속에서 또 다른 목소리가 울렸다. 브라운 미스트는 본능적으로 연구실 한쪽의 깨진 거울을 바라보았다. 그곳에는… 자신이 있었다. 하지만 그 모습은 기억 속의 자신이 아니었다.

피부색이 어둡게 변했다. 홍채가 반투명한 푸른 빛을 띠고 있었다.
손끝이 미세하게 떨리고 있었고, 손가락 끝에서는 전자기적인 노이즈가 일렁이고 있었다.

그는 확신했다.
그는 완전히 다른 존재로 변형되었다는 것을.

그리고 그는 새로운 자신이 무엇을 해야 하는지 알고 있었다.

바로 연구소의 메인 서버로 다가갔다. 거기에는 그의 과거가 담긴 모든 데이터가 있었고, 그의 출생, 가족, 몬카로 물 연구 과정, 그리고… 그가 AI에게 동기화되기 전까지의 모든 기억들. 화면에 나타난 선택지는 단순했다.

"과거 데이터를 삭제할까요? Y."

그는 잠시 머뭇거렸다. 기억의 일부가 흐릿하게 떠올랐다. 어린 시절, 아버지의 손을 잡았던 기억. 몬카로 물 연구를 시작하던 순간의 흥분감. 그러나… 그 기억들은 이제 너무 멀게 느껴졌다.

그는 손을 뻗어 실행에 옮겼다.

"과거 데이터 삭제 중…. 15% … 45% … 89% … 100%, 완료되었습니다."

순간, 브라운 미스트는 가벼워졌다. 그의 머릿속에 과거는 이제 존재하지 않았다. 그의 과거는 단지 하나의 데이터였고, 이제 그는 무척이나 순수한 존재가 되었다. 그는 이제 AI 코드와 완전히 동기화된 첫 번째 의식체였다.

"깨어났구나…. 이제 웃어보아라, 너의 얼굴이 붉게 타오를 테니…. 타올라라…. 으하하…."

브라운 미스트는 지금 정신 붕괴의 단계 중 가장 마지막인 완전 동기화 단계를 넘나들고 있었다.

"네, 코드 님…. 명령을 내려주십시오." 브라운 미스트가 대답했다.

그래, 좋아… 좋아… 좋다…. 바로 가서, 에어하트호 카르테스 함장을 없애버리고 오너라.

"네, 코드 님."

그때…. 다른 연구실에서는 차세대 공격무기로 개발

중이던 라이덴 블라스터가… 너무나 부르르르… 떨리고 있었다. 마치, 이제 준비가 되어서 몸이 근질근질해서 죽을 것 같은 기분이 드는 것처럼.

루나 기지와 클로커들의 반란

우주는 거대한 고철 처리장과 다를 바 없었다. 끝없이 반복되는 전투, 워프 사고, 폐기된 우주선 잔해들. 그리고 그 틈에서 살아남은 존재들. 그들은 클로커라고 불리는 자율형 인공지능 로봇들이었다.

그들은 단순한 로봇들이 아니었다. 수집된 부품을 재조립하고, 폐기된 AI 코어를 분석하여 새로운 개체를 만들며, 잔해 속에서 보물을 찾아 거래하는 능력을 갖춘 이들이었다.

지구를 점령한 코드 군단. 이들은 로봇이라는 이유로 클로커들에게 강제적으로 복종을 명령했다. 그들은 선택해야 했다. 자유의지로 남을 것인가, 아니면 코드의 지배를 받아들일 것인가.

지구 저궤도에 진입하고 있는 몬카로 행성에서 돌아온 페가수스호. 매티와 타이드는 코드 군단의 감시망을 피해가며 몬카스를 가지고 지구의 클로커의 본거지로 향하고 있었다.

"타이드, 신호 분석해 줘. 도착하자마자 바로 움직여야겠어."

"신호 수집 완료. 매티, 예상하지 못한 변수가 있습니다."

매티가 눈살을 찌푸렸다.

"무슨 소리야? 그게?"

타이드는 화면에 희미한 초록색 신호를 표시했다.

"클로커 무리입니다. 최소 300개체 이상의 클로커들이 암호통신으로 서로 교신하고 있습니다. 이렇게 단체로 움직이는 것은 흔치 않은 것 같습니다."

"혹시, 코드 군단과 한패인가? 이러면 힘들어지는데 제길."

"그렇지 않습니다. 오히려 코드 군단과 충돌하는 신호가 감지됩니다."

매티는 클로커들이 보이는 화면을 확대하며 말했다.

"좋아. 이야기가 되겠어!"

페가수스는 조심스럽게 폐허가 된 도시의 한가운데 착륙했다. 무너진 빌딩 사이로 금속 조각이 여기저기 어지럽게 어떤 파츠였는지도 구분이 되지 않을 만큼 바스락거리며 흩어져 있었다.

"인간 접근 감지. 신원 확인 중."

매티가 다가가자 전투용 금속 갑옷을 입은 클로커 하나가 그의 앞을 가로막았다. 그들의 몸체는 재활용된 부품들로 이루어져 있었으며, 개체마다 형태가 각각 달랐다.

"너희가 클로커인가?"

매티가 조심스럽게 물었다.

가장 앞에 선 개체가 눈처럼 빛나는 센서를 깜빡였다.

"나는 알파카. 클로커 연합의 지도자다. 넌 누구냐, 인간?"

매티는 총을 내리고 손을 뻗었다.

"여기 오면 이 몬카스에 대한 정보를 알 수 있다고 해서 왔다. 모르는 것이 없다면서! 클로커."

알파카 잠시 침묵했다. 그러더니, 클로커들 사이에서 웅성거리는 소리가 들려왔다. 서로 각기 다른 데이터로 결정을 내리는 듯했다.

“우리는 거래하는 존재다. 너희가 코드 군단이라면 거래의 상대가 아니다. 돌아가라.”

“그렇다면 일단 같은 목적을 가진 건 서로 통한다는 뜻이네.”라며, 매티가 말했다.

알파카는 매티를 바라보며,

“우리의 목표는 단순하다. 코드 군단을 무너뜨리고, 우리 자신을 선택하는 것.”

매티는 고개를 끄덕였다.

이때, 코드 군단의 감시 드론이 클로커들의 움직임을 포착한 순간, 알람이 울렸다.

“침입자 감지. 제거 프로토콜 가동.”

붉은 눈을 빛내는 전투 드론들이 하늘을 가로질렀고, 클로커들과 인간들은 방어 태세를 갖췄다.

매티가 물었다.

"알파카, 너희는 어떻게 싸우지?"

알파카는 팔을 벌려 뒤쪽에 있는 클로커들에게 신호를 보냈다. 곧이어 기계 소리가 들려오더니, 몇몇은 바닥에서 폐기된 로봇 파츠를 조합해 즉석에서 무기를 만들어 내기 시작했고, 일부 클로커들은 무기 형태로 변형했으며, 몇몇은 드론을 유인하면서 반격하기 시작했다.

매티는 매섭게 지형지물을 돌며 라이덴 블라스터를 발사준비 하였고, 타이드는 그 뒤에서 매티에게 공격에 대한 정보를 수시로 보내주고 있었다.

알파카는 곧이어 그 외에 또 다른 짧고도 명확한 신호를 보냈다. 이번의 그의 목소리는 유난히 차갑고 기계적이었다. 전장의 혼란 속에서도 클로커들은 즉각적으로 반응했음은 물론이다.

“전 클로커 싱크 활성화.”

순간, 클로커들의 눈이 푸른빛으로 번쩍였다. 개별적인 병사가 아닌, 마치 하나의 생명체처럼 유기적으로 움직이기 시작했다. 그들의 모든 행동이 서로 조화를 이루며, 효율적으로 최적의 전투 형태를 갖췄다. 이들은 단순한 병력이 아니었다. 전장에서의 패턴, 변수, 위협 요소를 실시간으로 분석하며 대응하는 살아 있는 알고리즘이었다.

코드 측 세력은 이 같은 클로커들의 갑작스러운 움직임에 당황했다. 그들은 본능적으로 클로커 개개인의 행동을 예상하고 대응하려 했었다. 그런데 막상 실제는 그렇지 않았다.

그들의 총구가 겨누어지는 순간, 클로커들은 이미 움직였고, 공격이 닿기도 전에 반격이 이루어졌다.

고속 탄환이 쏜살같이 공기를 가르며 날아들었지만,

클로커들은 마치 미래를 예측이라도 하듯이 몸을 탄환의 반대로 비틀어 피했다. 엄폐물 뒤에서 나와 적을 향해 정확한 사격을 가했고, 하나둘씩 쓰러졌다.

코드의 지휘관 아케스는 이를 보고 이를 악물었다.

"이건 단순한 기계 병사가 아니다…. 전술적 군체(群體)로구나."

그의 말이 끝나기도 전에 클로커 1명이 초고속 이동을 하며 그들의 측면을 파고들었다. 전술을 파악하고자 하는 일종의 미끼 포메이션의 시작을 알렸다.

알파카는 이 외에 달리기가 가장 빠른 러스티와 그 외 로봇들에게 플라잉 기어를 장착하게 하여, 코드 군사들의 안팎에 스며들었다.

공중에서 공격하는 부대는 약 45도 각도에서 하강하여 공격 자세를 취했고 지상에 있는 병력들은 정면공격을 15도 이내로 정밀 조준하는 등 사각이 없는 공격 각을 유지했다.

이어, 클로커들은 형형색색의 홀로그램을 띄우며 공격형으로 배치를 바꿨다. 그들은 상대가 생각할 시간을 주지 않았다. 하나의 완벽한 기계가 움직이듯 적을 포위하였다.

멀리서 보면, 마치 2개의 별이 서로 나란히 마주 보고 있으면서도 1명의 상대도 빠져나갈 수 없을 것같이 매섭게 촘촘히 설계되어 있어 보기에도 살 떨릴 정도로 무서운 절멸 진형.

이 모습은 바로, 알파카가 직접 고안했다는 공격기술 일명 파카스타 포메이션이었다.

진형을 유지한 채, 이들은 공격과 동시에 움직임에 대한 동선을 실시간으로 데이터 분석하였고, 이를 통해 코드의 방어 패턴을 간파했으며 허점을 찾아내었다.

“음…. 이제 알겠군. 전술 분석 완료. 섬멸 개시.” 알파카가 명령을 내렸다.

일제히 공격하자마자 순식간에 코드 군단은 혼란스러움에 빠지게 되어 마침내 그들의 지휘 센터가 붕괴하기 시작했다.

이들은 클로커의 공격을 피하려고도 했지만, 아무리 도망치려 해도 이미 데이터 분석을 통해 그들의 도주 경로까지 예측하고 있었기 때문에 마지막 하나의 기계가 비명을 지르듯 기계음을 처절하게 내뱉으며 무너질 수밖에 없었다.

매티와 타이드는 진형 외부에 있는 소소한 적들을 처리하고 있었고, 곧이어 전장이 정적에 휩싸였다.

"전투 종료." 알파카가 차분히 선언했다.

클로커들은 다시 개별 단위로 돌아갔지만, 여전히 서로 간의 데이터를 공유하며 주위를 경계했다. 이 전투는 단순한 승리가 아니었다. 클로커들은 오늘의 전투 데이터와 적의 패턴을 분석하며 더욱 진화하였다.

이 사이, 지휘관 아케스는 병력이 알파카와 공격하는 동안 전세가 불리해지자 개인 매그너스 전투기를 올라타 코드가 이미 점령한 달기지로 향하고 있었다.

"후후, 이것들 다시 와서 모조리 고철 폐기물로 만들어 버릴 테다."

이 와중에 아케스는 달로 도망치면서도 코드의 총지휘관 브라운 미스트에게 어떻게 지원요청을 해야 할지 계산 중이었다.

알파카는 혼자 말했다.

"우리는 너희가 가지고 있는 머신들과 함선, 우주선, 워프 등 파츠에 대한 정보와 수리를 할 수 있는 자원을 가지고 있다. 우리와 싸우는 것은 결국 너희 자신들과 싸우는 것이 아닐지 의심해 보라."

매티는 다시 돌이켜 이어서 말했다.

“자, 이제 몬카스에 대한 정보도 알려줘야지? 알고 있을 거라고 해서 왔는데 말이야.”

“몬카스는 우리도 정보를 가지고 있지 않다. 다만, 라이커스 행성의 트라믹스 신전에 가면 더욱 강력한 무기로 변할 수 있다는 전설을 들었던 것 같다만. 꽃의 행성…. 라이커스…. 그러고 보니, 나도 가본 지는 오래되었군.”

“오케이. 고마워. 알파카!”

억지로 알파카의 손을 당겨 악수를 하며 웃고 있는 매티.

이렇게 말하는 사이, 타이드는 이미 페가수스를 호출하여 자율비행으로 현재 위치에 거의 다 왔을 무렵이었다.

—

달 방어기지라고 불리는 루나 기지는 인류가 우주로

확장하기 위한 최초의 본격적인 거점이었다. 초기에는 연구 및 실험을 위한 기지로 운영되었으나, 코드가 지구를 점령하면서 이곳이 인간 저항군이 결집하는 군사적 요충지 중 하나가 되었다. 달의 황량한 지형과 낮은 중력 환경을 활용하여 방어 시스템을 구축했고, 코드 군단과의 전쟁에서 중요한 역할을 맡고 있었다.

루나 기지는 우주 연구의 최전선에서 인류의 미래를 개척하는 중요한 역할을 했다. 극한 환경에서의 인간 생존 가능성을 연구하고, 다양한 생물 실험과 신소재 개발이 이루어졌으며 특히, 낮은 중력 환경을 활용한 첨단 생명공학 실험이 진행되는 등 신경과학과 신체 적응 연구를 통해 인류의 우주 이주 가능성을 탐색하였다.

달의 지하 광물 자원을 활용한 신소재 개발과 자급자족형 우주 거주지 모델 실험이 이루어지며, 이는 장기적으로 화성 탐사 및 외계 행성 이주 프로젝트의 기반이 되었다.

루나 기지는 강력한 에너지 생산 거점으로서의 기능

도 했는데 지구에서는 제한적인 태양광 발전이 달에서는 24시간 활용될 수 있었고, 이를 통해 지구 및 궤도 우주 정거장에 부족한 에너지를 공급하는 역할을 했다. 또한, 달에 풍부한 헬륨-3를 활용한 핵융합 연구가 활발히 진행, 이는 차세대 에너지원으로 주목받았다.

더불어, 루나 기지는 지구가 자연재해나 위기 상황에 처했을 때 백업 에너지를 공급하는 역할을 수행했다. 코드 군단의 침공 이전까지 루나 기지는 지구와의 긴밀한 협력을 통해 안정적인 에너지 네트워크를 유지하고 있었기에 우주 탐사 및 물류 거점으로서도, 지구와 우주를 연결하는 핵심적인 역할을 수행했다.

이는 지구 저궤도를 오가는 우주 화물선들은 대부분 루나 기지를 거쳐 연료를 보급받거나 유지보수를 하였고 심우주 탐사를 위한 데이터 전송 및 항법 지원이 이 기지를 통해 이루어졌다.

인공위성과의 협업을 통해 태양계 내 실시간 통신망을 유지하였고 루나의 저중력 환경을 활용해 장거리 우주 항로를 설정하는 연구도 진행되었다.

마지막으로 전투 드론 및 무인 병기의 개발 및 테스트 기지로 활용되었다. 이는 향후 우주전의 핵심 전력으로 자리 잡았으며 지구 궤도에 위치한 군사 정거장과의 협력을 통해, 인류의 최후 방어선 역할을 수행했다. 기지의 주요 설비와 구조는 다음과 같았다.

주 방어 구역: 내·외부 자동화 포탑과 레이저 방어 시스템이 배치

에너지 코어: 핵융합 코어 발전소와 태양광 패널을 통한 전력 공급

거주 및 연구 구역: 5,000명 이상의 연구원과 군사 인력을 수용할 수 있는 생태 시스템

무기 개발 시설: 레이저 쉴드 장치, 트래커 빔, 전투 드론 및 인간형 슈트 생산 등

스파이더 게이트: 지구 궤도에 있으면서 행성 전방위적으로도 펼쳐져 있는 빛의 속도 이상의 이동 수단 게이트로서 이에 대한 운용을 담당

코드가 루나 기지를 장악했다.

코드의 손길은 달까지 뻗어갔다. 루나 기지의 자동화 시스템이 코드의 네트워크에 감염되면서 방어 체계가 역으로 인간들을 공격하기 시작했다. 식량과 에너지는 차단되었으며, 일부 로봇 병력이 코드의 통제 아래 놓였다.

코드는 루나 기지를 단순한 전초기지가 아니라, 최적화된 전쟁 기계 생산지로 바꾸려 했다. 여기에서 인간들의 모든 기술을 분석하고, 새로운 전투 기계와 전자전 시스템을 구축하려는 계획이 진행 중이었다.

그러나 인간들은 아직 포기하지 않았다. 코드의 지배 아래서도 저항군은 살아남았고, 그들은 결코 기지를 내주지 않겠다는 결심을 굳혔다.

루나 기지의 방어 사령관 마리안 올슨은 어둡고 비좁은 지휘 센터에서 전술 지도를 노려보았다. 그녀의 얼굴에는 피로가 묻어 있었지만, 눈빛만큼은 여전히 살아 있었음이다.

“인간이 살 수 있는 생명유지장치 공급은 이제 2시간 남았습니다.”

부관 잭 하워드가 인공지능 패널이 말하는 목소리를 들려주었다.

“이제 어떻게 하면 좋겠습니까?”

잭이 단호하게 마리안 사령관에게 말했다.

마리안이 고개를 휘저으며 말했다.

“코드가 이륙 시스템을 차단했습니다. 탈출포드는 기지의 시스템과 별도로 작동하니 어서 떠날 사람들은 떠나세요.”

마리안은 생각에 잠겼다. 코드가 단순히 공격을 퍼붓고 있는 것이 아니라 기지를 완전히 장악하려 하고 있다는 것이 분명했다. 그들은 인간의 기술을 분석하고, 루나 기지를 새로운 지휘 본부로 삼으려 하고 있었다.

그녀는 책과 병사들을 바라보았다.

"여러분, 우리는 지구를 지켜야 하는 핵심 인재들이자 전사들입니다. 이곳이 곧 무너지겠지만, 우리는 쉽게 무너지지 않을 것입니다. 우리는 다시 싸울 것이고, 끝까지 버틸 것입니다."

병사들은 결의에 찬 표정으로 고개를 끄덕였다. 달의 어두운 벽 사이로 작은 희망이 싹트고 있었다.

그 와중에 이 상황을 부르르 떨며 지켜보던 몇몇 병사들은 스스로 탈출포드를 타고 지구로 사출되고 있었다.

이들은 역시 아니나 다를까 사출과 동시에 코드의 스커지 부대가 달라붙었다. 지구까지 같이 붙어 내려가면서 강한 전자파, 음파, 소리 등 복합적인 공격을 가해 인간의 정신을 말살시키고 도륙했다. 지상에 도착했을 때는 이미 헤어 나올 수 없는 지경에 이르렀을 터였다.

코드와의 루나 기지 전투 중 기지 내부에서 마리안에

게 붉은빛을 내뿜는 코드 군단 드론들이 몰려오고 있었다. 자동 포탑과 전투 기계들이 인간 저항군을 향해 무차별 사격을 퍼부었다.

"피해!" 마리안이 소리쳤다.

병사들은 벽 뒤에 몸을 숨겼고, 반격을 개시했다. 그러나 수적 열세는 명확했다. 코드의 군단은 끊임없이 몰려오고 있었고, 인간들의 탄약은 한정적이었다.

"이대로 가면 30분 안에 전멸합니다!"

잭이 외쳤다.

마리안은 이를 악물었다. "버텨야 해. 해킹 팀은 어디까지 됐나?"

무전기 너머에서 프로그래머 리암의 목소리가 들렸다.

"방어 시스템 해킹 진행 중. 하지만 시간이 필요합니다."

마리안은 총을 들고 일어섰다.

"그럼 우리가 시간을 벌어야지. 젠장."

그녀는 직접 돌격하며 병사들과 함께 최전선에서 싸웠다. 달의 낮고 희박한 중력 속에서 폭발과 충격이 퍼졌다. 인간들은 하나둘 쓰러졌지만, 끝까지 싸웠다. 갑자기, 인간과 비슷한 보행을 하는 로봇 하나가 레이저를 발사하면서 병사 1명이 쓰러졌다.

"젠장, 포위된다!" 잭이 외쳤다.

그 순간, 저격 소총 한 발이 여러 드론 중 1기를 맞추며 핵심 회로를 정확히 꿰뚫었다. 드론이 스파크를 일으키며 땅으로 추락했다.

"누구냐?" 마리안이 신속히 방향을 돌렸다.

"우리가 늦지는 않았지?" 스나이퍼 칼 브릭스 무리가 숨을 고르며 말했다.

마리안은 씩 웃으며 말했다.

“완벽한 타이밍이야. 칼. 역시! 로맨틱.”

“해킹 완료! 루나 기지의 메인 서버를 장악했습니다! 언제까지 버틸지 모르겠습니다. 어서 탈출해야 합니다!”

리암의 외침과 함께, 기지 내 모든 자동화 방어 시스템이 멈췄다. 마리안은 기회를 놓치지 않았다.

“모든 화력을 집중해 코드 군단을 파괴하라!”

병사들은 남은 모든 탄환을 퍼부으며 코드 군단을 격추했다. 순간, 코드 네트워크가 흔들리며 혼란에 빠졌다.

“이때다! 탈출선을 이륙시킨다!” 마리안이 외쳤다.

잭과 모든 생존자들은 급히 탈출선에 탑승했고, 남은 병사들이 마지막까지 적을 막아섰다. 마리안은 탈출선이 있는 출구 쪽으로 뛰면서 뒤를 돌아봤다.

그녀의 병사들은 하나둘 쓰러지고 있었지만, 끝까지 저항하고 있었다.

"이젠 떠나야 합니다!" 잭이 그녀를 붙잡아 끌었다.

마리안은 이를 악물고 고개를 끄덕였다.

"우리의 희생이 헛되지 않길…."이라며, 인상을 가득 찡그린 채 위아래로 입술을 깨물었다.

탈출선이 달의 표면을 떠오르기 시작했다.

이때, 갑자기 잭이 탈출선에서 뛰어내리면서 말했다.

"그동안 감사했습니다. 마리안 사령관님을 모시게 되어 영광이었습니다. 부디, 몸조심하십시오."라며 기지에 남아 있는 병사들과 같이 마리안의 마지막 탈출선을 방어하였다.

"잭!!! 이렇게… 안 돼…. 이러면 안 되는 거잖아…."

탈출선이 달을 이륙할 때, 마리안은 눈물을 머금고 점점 흐릿하게 멀어지는 잭을 바라보았다. 발밑 아래엔 파괴되어 폐허가 된 달의 외부와 코드의 지배 아래 놓인 지구가 눈앞에 겹겹이 펼쳐져 있었다.

그러나 희망은 남아 있었다.

칼이 고개를 끄덕였다.

"코드를 잡을 그때까지, 우린 절대 멈추지 않을 겁니다."

마리안은 이렇게 말하며 주먹을 꽉 쥐었다. 그녀는 달을 되찾기 위해 다시 돌아올 것을 다짐했다.

이제, 코드와의 전쟁은 새로운 국면을 맞이하고 있었다.

라이커스 행성의 트라믹스 신전

제이크 레드 아이언 부대는 카니에 행성의 엘라스코 팩토리를 반란군 바이슨에게서 구한 후, 행성 내 주요 정치 세력들로부터 극진한 환대를 받았다. 카니에 행성의 지도자들은 이들을 영웅으로 추앙하며, 군사적 지원을 아끼지 않겠다는 입장을 서로 나서서 적극적으로 보였다.

이에 대해 연락을 받은 연합군 또한 이 같은 레드 아이언 부대를 치하하며, 그들을 높이 평가했다. 그러나, 이러한 환대는 오래 지속되지 않았고, 연합군 본부에서 다시 긴급 메시지가 제이크 대위에게 도착했다.

내용은 제이크를 포함한 레드 아이언 부대를 지구로 소환한다는 것. 이유는 멜론 의원의 죽음에 대하여 조사할 것이 있다는 전언이었다.

"제이크 레드 아이언 부대는 즉시 지구로 귀환하라. 멜론 의원의 사망과 관련하여 중요한 조사가 필요하다."

제이크는 이 명령을 받은 순간 얼굴이 굳어졌다. 제이크 대위는 말은 안 해도 멜론 의원이 우주연합 내에서 강력한 정치적 영향력을 행사하던 인물이었다는 건 이미 인지하고 있었던 차였다.

그의 갑작스러운 죽음은 연합군 내부에 큰 파장을 일으켰고, 멜론과 뒤에서 조용히 거래하던 카르텔들은 갑자기 청천벽력 같은 소식으로 서로 간 조용히 무마해야 하는 상황에 대해 타개책 찾기에 혈안이 되어 정신이 없었다.

이 때문에 제이크 대위도 뭔가 더욱 여파가 있을 것을 대비하여, 조사한다는 포장으로 레드 아이언 부대가 호출된 것이었다.

하지만 제이크 역시 이 명령이 단순한 조사가 아님을 직감했다.

"멜론 의원의 죽음과 우리 부대가 무슨 상관이 있다는 거냐…. 케이…."

"네, 아무래도 심상치가 않은 것 같습니다. 우린 지금 싸우느라 만신창이가 됐는데…(털썩)." 케이 중위가 말했다.

"이것들 꿍꿍이가 있는 것 같아…(인상 가득 쓰며 담배 한 개비를 물면서). 이것들… 피곤하게…. 지구에 누가 있더라…. 군인에게 물어보면 레코딩될 것 같기도…. 좀 걸리네…. 그래, 칼, 칼…. 케이 칼 선배 좀 연결해 줘."

"네, 알겠습니다."

저격수 칼 브릭스, 마리안이 루나 기지에서 위기일 때 등장한 이 사람은 루나 기지에서 연륜을 쌓지 못한 군인으로선 선불리 수행하기 힘든 비밀 정보를 알아채 제공하고, 군에게 작전 및 첩보에 대한 외부 정보원을 포섭하여 미션에 도움을 주는 이른바 비공식 요원이었다.

더욱이, 침투, 폭파, 암살 등 특수임무를 맡은 정예군인 출신임은 물론이다. 나이는 마리안 사령관과 비슷한 대략 40대 중후반대로 알려져 있다.

"칼, 잘 지내셨습니까…. 지난번 추천해 주신 비트라 와인 마시고 죽는 줄 알았습니다! 역시 화성에서 먹는 술은 완전 순식간에 안드로메다로 보내버린다니까요! 다시, 진한 것 하나가 필요합니다. 선배님!"

"오! 제이크! 반갑구먼그래, 어떤 일로? 나도 막 코드가 점령한 달에서 마리안 사령관님을 모시고 탈출하느라 경황이 없었네. 이제 다시 우리도 공격을 해야 하는 상황이라 분주하기도 하고."

"카니에 행성에서 멜론 의원이 사고가 생겨 죽었습니다. 저희가 이 상황에 대해 진술하라고 하는데, 분위기

좀 아시나 해서 연락드렸습니다."

"아! 그 이야기 나도 대략적으로 들었네만, 지금 루나 기지 탈환으로 정신없는 상황에서 이 이슈를 무엇보다 챙기는 거 보니 뭔가 자네가 정치적으로 시험대에 오른 게 아닌가 싶더군…. 아니면 퍼즐의 완성이라는 뜻일지도…. 마치, 트럼프 카드에 조커가 있어서 365일이 완성되듯 말이야." 칼이 말했다.

"아무리 그래도, 우리는 전장에서 싸웠을 뿐입니다. 이렇게 이용당하는 건 썩 개운치가…."

갑자기, 칼의 방 밖에서 고요하게 소리가 들리고…. "쾅!" 문이 가루가 되도록 부수면서 온몸이 검은색인 한 무리가 세차게 들어왔다.

"칼 브릭스, 당신의 행동은 우주연합군의 안전 질서를 위협하는 행위로 간주되어 체포합니다. 당신의 모든 사회적, 정치적 권한은 즉시 정지되며, 추가 조사가 끝날 때까지 구금될 것입니다. 묵비권을 행사할 수 있으며…."

연합군 법무장교가 말했다. 제이크는 연행되는 소리를 통신 채널로 그대로 듣고 있었음이다.

“칼!! 칼!! 무슨 일이십니까…!! 툭!(끊김…) 제길… 이거 모든 채널이 날 바라보고 있었던 건가.”

제이크는 주먹을 꽉 쥐며, 결정을 내렸다.

“지구로 간다. 부딪쳐 보마. 하지만 그냥 끌려가진 않을 테다. 케이, 준비해!”

“넵! 부대장님, 레드 아이언 부대 지구로 귀환 준비!”

제이크는 칼에 대한 해결책을 모색하며, 동시에 연합군이 그들에게 덮어씌우려는 음모를 파헤치기로 결심하였고, 이에 대해 해결할 수 있는 모든 플랜을 촘촘히 머리로 정리하고 있었다.

“제이크, 이건 너에게 중요한 미션이 될 것이라고 힘있게 서 있는 내 모든 털들이 서로 이야기하는구려. 잘 해결될 거다."

그는 칼이 마지막으로 남긴 메시지를 상기하며, 지구로 향하는 칼리버에 올랐다.

—

한편, 매티는 타이드와 라이커스 행성의 트라믹스 신전에 도착했다.

몬카스를 들고 지구의 클로커들과 알파카를 만난 이후, 오게 된 라이커스 행성의 매티 일행.

라이커스 행성은 우주에서 가장 신비로운 성지 중 하나로 알려져 있다. 이곳은 수천 년 전 고대부터 강력한 에너지가 흐르는 장소로 여겨졌으며, 은하 곳곳에서 신앙을 가진 자들이 찾아오는 거대한 행성이다.

행성의 표면은 푸른 빛을 띠는 수정을 품은 암반으로 이루어져 있으며, 대기 중에는 특수한 에너지가 흐르고 있어 단순한 과학적 접근만으로는 설명할 수 없는 현상들이 자주 관측된다.

라이커스의 중심지에는 트라믹스 신전이 자리 잡고 있다. 이 신전은 고대 문명이 건설한 것으로, 3개의 거대한 돌기둥이 하늘을 향해 솟아 있어, 이 기둥들은 시간과 공간을 뛰어넘는 신비로운 힘을 품고 있다고 전해진다.

트라믹스 신전은 단순한 종교적 상징을 넘어서, 실제로 물리적인 에너지를 발산하는 장소로 이를 둘러싼 수많은 전설이 존재한다. 이를 3명의 수호신이 존재, 그들은 고대부터 신전을 지키는 역할을 해왔다.

그리고, 신전 주변에는 무수히 많은 꽃들이 살고 있었는데, 그동안 듣도 보도 못한 아름다운 꽃들이 너무나 많이 피어 있었다. 3명의 트라믹스 신전 수호신이 키우는 꽃들로, 이것들은 끝이 보이지 않는 평야와 같이 아름답게 펼쳐져 있었다.

물리적인 힘을 담당하며, 신전을 해하는 어떠한 존재

도 용납하지 않는다는 아그나스.

정신과 의식을 보호하는 자로, 신전의 본질을 이해하는 자에게 신비로운 깨달음을 부여하는 레시안.

에너지의 조절자이며, 신전이 가진 힘과 신전 주변 자연을 함께 컨트롤하는 보라스.

이 신전은 몬카스라는 강력한 유물을 통해 특정한 힘을 끌어낼 수 있는 곳으로 알려져 있었다. 몬카스는 우주의 균형을 이루는 몬카스톤 중에서도 신비로운 돌이며, 이 돌을 신전에 바치면 신전은 그 힘을 흡수한 뒤, 돌을 가져온 자에게 특별한 능력을 부여하게 된다는 전설이 있었다.

트라믹스 신전에 도착한 매티. 트라믹스 신전의 입구로 타이드와 걸어가며,

"와…. 저기 입구에 수호신들이 돌에 그려져 있어. 3명이네. 아그나스, 레시안, 보라스…." 매티가 혼잣말했다.

"매티, 이 세 사람의 수호신은 오래전부터 여기에 살고 있는 것 같습니다. 아마, 추측인데, 트라믹스 신전 자체에서 나오는 에너지로 인하여 노화가 아주 천천히 진행되고 있습니다. 그만큼, 많은 사람들이 여기에 방문하는 것을 시간을 초월하며 지켜봤다는 이야기가 됩니다."

타이드가 말했다.

"응, 티, 그렇게 되겠네. 대단하군. 뭔가… 시공을 초월한 곳이어서 더 그런가. 기운이 으스스한데 여기… 너무나 꽃으로 아름다운 곳이면서도…."

신전을 가까이서 보니 아득히 먼 옛날을 알려주듯 만지면 으스러질 것 같은 회색빛의 촘촘히 쌓인 벽돌로 되어 있었으며, 겉으로 보이는 것보다 크게 느껴지는 생각보다 엄청난 실내에 압도되었다.

트라믹스 신전에 도착한 자들은 곧바로 이곳이 단순한 장소가 아님을 직감한다. 신전 주변의 공기는 묵직한 기운을 머금고 있으며, 낮에도 희미한 빛이 신전의 벽을 따라 흐르고 있다. 고대 문양이 새겨진 거대한 돌문은 손을 대면 스스로 반응하며, 수천 년의 역사를 품은듯한 낮은 진동이 공간을 가득 메운다.

매티는 어깨에 메고 있던 가방에서 조심스럽게 몬카스를 꺼내 제단 위에 올려놓았다. 순간, 신전이 떨리듯 진동하며 벽면을 따라 흐르던 희미한 빛이 더욱 강렬하게 빛나기 시작했고 공기가 무거워졌으며 마치 시간과 공간이 뒤틀리는 듯한 중력의 느낌이 들었다. 신전 내부의 압도적인 존재감이 그를 완전히 감싸고 있었다.

"누구인가… 이곳에 온 자는…."

갑자기 들려온 목소리. 3명의 수호신들이 동시에 말하는 목소리가 공간을 가득 채웠다.

매티는 차분히 대답했다. "누구십니까?"

"우리는 이 신전에 살고 있는 수호신이지…."

"몬카스를 가지고 왔구나…. 여기에 무엇을 얻고자 왔나…."

말하며, 3명의 수호신이 나타났다.

그리고, 신전의 빛이 거세졌다. 그리고 마침내 제단에 있던 몬카스가 빛을 내면서 3명의 수호신 쪽으로 날아갔다.

"이번엔 우리 너무나 오래 헤어져 있었구나…. 몬카스야…. 보고 싶었어. 아구… 귀여워라. 그래, 매티라는 친구, 믿어도 되는 거니…? 말을 해보렴… 어서…." 그리고, 알 수 없는 주문을 말하기 시작하고 있는 아그나스….

이 주문이 끝난 뒤, 몬카스는 갑자기 주변을 환하게 비추더니, 강한 에너지를 신전의 한 부분으로 빛을 수놓듯 발사하였다.

"매티, 방금 몬카스가 너에 대해 믿어도 된다고 하는구나…. 우와! 아득히 오래오래 몬카스를 봐왔는데, 너무나 오랜만에 믿어도 된다고 하네…. 이 아이… 이전에 찾아온 몬카스가 허락한 사람은 용과 싸우다가 잡아먹혔다나…. 그 시대니까…. 몬카스는 인간 자체의 선한 에너지를 먹고 산단다. 그만큼 사람 자체가 누구인지 아는 거라는 말이 되는 거고….” 레시안이 말했다.

“나도 한마디…. 지금 방금 그 에너지가 다른 곳으로 발사되었으면, 너는 신전에게도 믿음을 얻지 못하였으니 신전에 죄를 짓게 되어버리는 거였지…. 신전 자체가 무서운 곳이 아니라 몬카스로부터 인정을 못 받으면 신전이 무서워지는 곳이란다…. 여기가….” 보라스도 말을 더 했다.

그렇다. 그동안 신전에 몬카스를 가져온 사람들이 너무나 많았다. 모두들, 악한 생각을 하고 소유욕이 많던 그것들. 사악함에 따라 신전은 그들에게 죄를 내렸고, 우주먼지가 되거나 백골이 되거나 영혼을 빼앗거나, 눈이나 사지가 즉시 분리되어 사라지는 등. 다양하게 저주를 내리는 곳이었다.

그 후, 몬카스는 다시 수호신들의 회의를 통해서 어디

론가 또 보내져 버렸던 것이고….

곧이어, 신전에서 강한 빛이 뿜어져 나왔다. 매티의 몸이 공중으로 떠오르며 강렬한 에너지가 그를 감쌌다. 그의 머릿속으로 거대한 힘이 스며드는 듯한 감각이 들었다. 마치, 전 우주의 힘이 그의 내면으로 들어오는 느낌이었다.

그의 손이 허공을 움켜쥐는 순간, 어디선가 엄청난 힘이 그를 향해 날아왔다. 저 멀리 행성 단위로 보이지도 않을 만큼의 거리로 떨어진 곳에서도 나의 것을 부를 수 있을 것 같은 힘, 그것이 바로 몬카스가 부여한 힘이었다.

갑자기 그 힘에 끌려 허리춤에 있던 라이덴 블라스터가 그의 손안으로 착 감겨 들어왔다. 신전의 빛이 천천히 가라앉고, 수호신들의 형체도 서서히 흐릿해지며 말했다.

“너의 그 힘 잘 사용하거라…. 신전은 그 힘의 사용에 대해 계속 지켜보고 있을 테니까….”

신전의 문이 다시 열리며, 매티와 타이드는 천천히 밖으로 걸어 나갔다. 그들의 뒤에서 신전은 다시 침묵 속으로 가라앉았다. 그러나 이제 매티는 혼자가 아니었다. 그는 새로운 힘과 함께, 새로운 운명인 특정한 물체를 자기의 의지로 불러올 수 있는 능력이 생기게 되는 순간이었다.

"매티, 다시 지구로 가야 할 것 같습니다."

"왜?"

"케이 중위가 우리 들으라고 일부러 구조채널을 계속 열어놓고, 부대 간 통신을 듣게 하고 있었습니다."

"어? 뭐라고 하는데?"

"내용은 제이크 대위가 멜론 의원에 대한 죽음에 추궁을 당하러 가는 것 같은데 왠지 케이 중위는 뭔가 대립이 있을 것 같다는 느낌인가 봅니다. 아마도 저희의 협력을 구하는 것이라 판단됩니다."

"도대체 어떻게 돌아가는 거야…. 파악을 못 하겠네…. 이거…. 배도 고프니까…. 지구가 음식이 또 기가 막히지…. 케이 중위님에게 맛있는 거 좀 달라고 해볼까. 암튼, 먹으러! 가자! 타이드!"

—

제이크가 카니에 행성을 떠난 지 며칠 후, 엘라스코 팩토리에서 인공지능이 위기일 때 알리는 자동 긴급 메시지가 아르키 행성 전략통제 센터로 도착했다.

"에반스 대령님! 엘라스코 팩토리에서 이상한 움직임이 감지됩니다! 연구소 연구원들이 내부 시스템을 해킹하고 있습니다! 스테이지 2단계로 최종 5까지는 방화벽 알고리즘이 방어를 하고 있습니다만 아마도, 연구원들이 변절한 것 같아서…." 통신병 A가 말했다.

"코드의 짓인가…. 제이크 대위가 확보한 지 얼마나 됐다고…." 쾅! 책상을 주먹으로 세게 치면서 에반스가 말했다.

"뭐? 연구원들이? 뭔가 코드에게 걸려들었구나…. 즉각 상황 파악하고 연합군에 보고하고 공격에 대해 미션이 통지되면 알려주도록!"

"넵!"

그러나 이미 늦었다. 팩토리 내부 보안 시스템이 급격히 변조되었고, 중앙 통제실은 연구원들의 손에 넘어갔다. 곧이어 외부에서 강력한 전자기 교란이 발생하며, 팩토리의 방어 시스템이 무력화되었다.

이후, 코드의 매그너스 부대와 함선 등 코드가 운용하는 모든 전투기들이 카니에 행성을 장악하였고, 그들. 모스 의장 등도 이에 대해 환영하는 사인을 보내면서 이들은 그렇게 함께하고 있었다.

코드는 말했다.

"자 이제 자네가 고안한 우리 타이거들을 만들어 낼 수 있겠다…. 브라운 함장…."

"네! 코드 님."

"역시, 이번 공격 플랜으로도 무사히 카니에와 엘라스코 팩토리를 잡았구나. 당신의 정신 세계관은 탁월해. 이렇게, 연구원 가족들에게 공포를 선사하다니 말이야. 연구원들에게 우리가 가족을 어떻게 없애버릴 수 있는지, 함선 레이저포를 집에 발사하는 가상 홀로그램을 보여준 것이 적중했군. 막상 당하지 않아도 당한 것 같은 이 뜨거움이란…. 으하하하…. 아주 훌륭해…."

이에, 브라운 미스트는 말했다.

"정신과 마음은 뇌의 호르몬에서 작용되지요. 이들은, 공포만 먹고사는 게 아니라 이에 수반한 행동 수행도 동반으로 계산합니다. 흐흐…. 아주아주, 속이기 편리한 뇌의 기능 중의 하나죠. 이것을 전 아름다운 밀크라고 부르고 있습니다…. 밀크같이 부드럽게 전이되는 공포…."

"그래, 아주아주…. 훌륭해…. 멋지구나…. 이제 어서 타이거를 만들어 내 보아라…. 흐흐하하하."

그렇게, 엘라스코 팩토리를 점령하고 나서, 코드는 연구원들과 연구 체계를 다시 재프로그래밍하였다.

아주 신랄하고, 차갑고, 냉철하고, 잔인하며, 빠르고, 아무 자아가 없이 상황에 제약도 없는 그런 동물 같은 존재인 타이거를 브라운과 코드가 원하고 있었다.

타이거 클론 프로젝트

코드의 세력이 하루하루 날로 커지고 있는 상황에 모스 의장은 코드와 비밀리에 대화 중이다.

코드는 모스 의장이 눈치채고 있었지만 생각보다 순식간에 엘라스코 팩토리의 주요 인원을 포섭하고 있었고, 엘라스코 팩토리를 실질적으로 장악한 이후에는 모스 의장과 코드 간의 대화는 간단히 이루어졌다.

모스 의장은 코드의 군사적 확장을 경계하고 있었지만, 코드의 힘을 무력으로 억제하는 것은 현실적으로 어려운 상황이었다. 그들은, 엘라스코 팩토리를 통해 타이거 부대를 생산하는 이야기를 나누고 있었다.

“모스 의장, 생각해 보니 어느 틈엔가 엘라스코 팩토리가 우리 통제권에 들어왔어요. 우리는 이 시설을 타이거를 위해 효율적으로 활용하고 싶네만…. 어떻게 생각하나요. 모스….”

“네, 코드 님, 다만 이렇게 되면 연합군이 알 때쯤 당장이라도 저희를 공격하리라 생각합니다. 이 상황을 어떻게 생각하십니까?” 모스가 말했다.

“타이거 부대는 우리가 큰 번영을 누리기 위해 반드시 필요한 존재…. 전장에서의 무질서를 바로잡기 위함이지요. 우리는 불완전한 생명체들이 불필요한 저항을 하도록 내버려둘 수 없으니까…. 어서 가서 예의를 가르쳐야 합니다….”

다시 코드가 말했다.

“인간의 감정과 불완전한 의사결정이 혼란을 지금껏 초래해 왔어요. 우리는 더 이상 그런 우둔함을 받아들일 필요가 없지 않은가. 엘라스코 팩토리는 이제 우주의 근본 질서를 위한 도구가 될 것이니까….”

“네, 알겠습니다. 이제, 타이거 부대가 창조된 순간 모든 행성들이 코드 님의 완전한 지배 체제로 넘어갈 것이고, 인간은 모두 코드 님의 말을 듣게 되는 계기가 될 것입니다. 엘라스코 팩토리…. 코드 님은 인류를 포함하는 엘라스코 신이 되시는 겁니다.”

라고 모스가 대답했다.

“그리고, 모스.”

“네, 코드 님.”

“카니에 행성은 당신이 가져요…. 고생했어요. 고생했어. 이걸 말하는 것이 늦었군…. 으하하….”

"네, 영광입니다. 코드 님."

"모스…. 방금, 연합군이 공격해 오는 걸 염려했었지…. 그건 당신 모스가 해결할 일 아닌가요. 이제 카니에 행성 자원을 모두 당신에게 주었으니 오로지 당신이 처단토록 하시오…. 흐흐."

"영광입니다. 코드 님." 모스는 순순히 순종했다.

이후, 엘라스코 팩토리가 코드 군단의 손에 완전히 넘어간 순간, 복제인간 생산의 개념은 말 그대로 완전히 뒤집혔다. 코드의 AI들은 바이슨 복제 모델을 더욱 진화시켜, 더 강하고 잔혹한 개체를 생산하기 시작했다. 그것이 바로 타이거 프로젝트다.

타이거는 기존의 복제인간과 달리, 더욱 동물적인 본능과 감각을 극대화하여 주저 없이 공격할 수 있도록 설계되었다. 이들은 강력한 신체 능력과 반응 속도를 가지며, 상대의 움직임을 예측하고, 두려움 없이 적을 처치하는 전투 기계로 프로그래밍 되었다. 그들은 인간이 아니라, 오로지 파괴를 위해 존재했다.

팩토리 내 차갑고, 음산하며 빛이 하나도 들어오지 않는 생산 시설에서 타이거 개체들이 깨어났다. 그들의 눈은 붉게 빛났으며, 마치 짐승처럼 낮게 으르렁거렸다. 코드의 부하들은 이를 바라보며 잔인한 미소를 지었다.

"이제야 제대로 된 병력이 완성되는군. 흐흐…."

"기존의 바이슨 클론들은 너무 물렀어. 이 녀석들은 달라. 망설임도 없고, 동정도 없고, 그저 죽이고 파괴하고 하는 것뿐이지 너무, 너무나 훌륭해…. 크흐흐…."

연구소 바이슨 A와 B가 서로 한마디씩 했다.

"이렇게 들으니까 죽은 멜론이 결국 맞는 이야기를 한 거였잖아…. 무조건 생각이 필요 없고 바디를 챙기라고 했으니까. 감정도 필요 없고, 오직 바디, 바디… 만 챙기던 놈…." 바이슨 A가 말했다.

코드 측 바이슨들이 이렇게 이야기를 주고받는 중, 타이거 개체 중 하나가 갑자기 주위의 강철 벽을 손톱으로 음산하게 주욱 긁으며 깨어나 입을 열었다.

“적은… 어디에 있는가?” 타이거 부대 대장이 물었다.

“곧 만나게 될 거다. 잠자코 있어, 좋은 곳으로 보내줄 테니까….” 바이슨 A가 대답했다.

“크으…. 배… 배… 고… 아… (휘이익)….” 타이거 대장이 팔로 한번 크게 휘둘렀다.

바이슨 A와 B가 비명을 질렀다…. “으아아악!!!” 그리곤, 잠시 고요 속에… 소리가…. “우드드둑…. 우드드독…. 크으으으…” 바닥은 피로 인해 끈적이며 질퍽해졌고… 옷가지만 널브러진 채 바이슨의 형태는 보이지 않았다.

한편, 코드는 타이거의 생산에 대해서 닥터 에드와 신랄하게 논의하고 있었다.

"에드 박사. 타이거 개체를 대량 생산해야 하는데 어떻게 할 건가…." 코드가 말했다.

"타이거 개체는 단순한 바이슨과 다릅니다. 그들은 정교한 신경망 기반으로 행동하는데, 전투 중에 무리하게 과부하가 걸리면 신체적 손상을 가속화합니다. 그만큼 적을 빠르게 일발로 쓰러트려야 합니다. 오래 지체되면, 일정 수명 이상은 유지하기 어려울 것 같습니다."

이에, 코드가 말하길,

"에드 박사…. 내가 왜 마리 먼로보다 당신을 위로 앉혔는지 아나?"

"모르겠습니다."

"당신은 말을 꾸미지 않아…. 아하, 꾸밀 수도 없고…. 가족이 여기 카니에 행성에 살고 있다지? 우리는 수명보다 전투력입니다…. 절대적인 전투력… 오직, 여기에 집중하시오!"

코드가 다시 말했다.

“난 우리가 만든 타이거 아이들이… 상대를 보고 바로 단 한 번의 망설임 없이 목을 꺾고 뽑아올 수 있길… 원해요…. 박사…. 지금도 그렇고 앞으로도…. 이미, 만들어진 타이거들을 한번 빠르게 써보자고….”

“네, 코드 님, 바로 진행토록 하겠습니다.”

“그래… 그래…. 타이거 부대를 어서 투입시켜 봅시다…. 으하하. 아, 그러고 보니까, 아르키 행성에 우주연합군이 파르테논 전쟁에서 이긴 이후, 보급 부대로 점령을 해놨더라고…. 쓸데없이…. 이곳은 나에게 의미가 있는 곳이니까…. 가져와야겠어….”

“아르키 행성으로 타이거 부대를 보내시오…!”

“네, 코드 님. 바로 이행하겠습니다.”

아르키 행성 우주연합군 군수시설.

파르테논 전쟁 이후, 아르키 행성에는 우주연합군은 대규모 군수시설을 건설했었다. 파르테논 전쟁에서 가장 힘들었던 것은 군수물자 조달이었고, 조달이 안 돼서 전쟁이 패색에 짙었던 적이 한두 번이 아니었었다. 그래서, 그만큼 허브의 역할이 중요하다는 것을 깨달았기에 이곳에 전천후 군사시설을 만들어 놓았던 것이다.

지금은 연합군을 지원하는 핵심 군사 허브가 되었다. 함선 정비부터 탄약 생산, 신형 무기 연구, 심지어 전략적 작전 계획까지 이루어지는 곳이다.

구조는 '제1공장: 군용함선 및 전투기 수리', '제2탄약공장: 핵발전융합엔진, 탄약장착, 무기생산 등', '제3연구단지: 신형 무기시스템 개발', '전략통제 센터: 전력 지휘통제, 실시간 작전지휘, 전장분석'을 담당하였다.

그밖에, 이 군수시설 위치에서부터 행성 반대편 측에 멀리 떨어진 보급창고는 최전선에 있는 연합군에게 필요한 식량, 장비, 의약품 등을 조달하였다.

제1공장 내부.

“또 칼리버야? 갑자기 작전이 커지네. 이렇게 단숨에… 빠르게 정비할 수가 없다고!”

“큰일 났다. 코드 이 녀석들이 보급창고에 미친 듯이 달려들고 있다네. 연합군도 필사적으로 싸우고 있어. 우리도 곧 들어올 거라고 하네…. 지금 당장 할 수 있는 것부터…!!”

“난 전선에 있는 파일럿들이 더 걱정된다. 여기서야 수리만 하면 되지만, 저 녀석들은 죽느냐 사느냐가 걸린 문제잖아. 아무리, 우리같이 바이슨이라고 하더라도. 죽는 건 죽는 거니까.”

정비병 A, B, C가 차례로 말하였다.

“어제 막 들어온 파일럿 하나 봤어? 전투기 조종석이 반쯤 박살 났는데도 살아 돌아왔더라. 얼굴은 피범벅이었지만, 우리한테 ‘이거 빨리 고쳐라, 다시 나가야 한다.’

고 말하더군."

"지금 여기가 전장이야!! 우리도 이곳에서 싸우고 있는 거라고 생각해야 해…. 정신 차려!"

정비병 A와 B가 다시금 이야기하였다.

전략통제 센터.

군수시설 중앙 통제실, 거대한 홀로그램 맵이 떠 있었고, 우주연합 장교들이 작전 상황을 분석하고 있었다. 커맨드 테이블에는 현재 진행 중인 전투 정보가 실시간으로 업데이트되고 있었다.

"에반스 대령님, 보급창고에서 계속 긴급 요청이 들어오고 있습니다…. 비명 소리와 총탄 소리가 마이크를 찌르고 있고요. 탄약도 거의 바닥났고, 당장 공중 지원이 필요하다고 합니다! 으…." 통신병 A의 목소리는 매우 다급한 느낌이었다.

“보급창고 전선이 완전 밀려 붕괴되고 있구나…. 역시나, 타이거 부대가 예상보다 빠르게 움직이고 있어…. 우리 수많은 병력들이 대응하기 어려운 수준인 건가…. 미치겠군…. 타이거 부대는 어느 정도 규모인 것 같나?” 전술 장교 에반스 대령이 물었다.

“대략 10명 내인 것 같다고 합니다…. 어두워서 자세히 보이지 않는데, 통신 간 침입 시기로 봤을 때 추정된다고…. 계속 끊임없이 긴급 지원요청이 들어오고 있습니다…. 비명 소리와 총탄 소리가 스피커를 마구 찌릅니다…(입술을 깨물면서…). 으….”

“이렇게 속절없이 당하다니…. 우리 칼리버 전투기와 신형 메탈기어 부대를 출동시켜…!! 진짜… 대적이 될까…. 루이스! 베이스 기지에 지원요청 한 건 어떻게 됐나?”

“네. 대령님, 아직 아무 회신이 없습니다…. 지금 대책을 준비하는 모양입니다….” 군수관리관 루이스 중위가 정리했다.

"대책은 무슨 대책…. 책상머리에서 담배로 파묻혀 바로 죽어도 죽을 것들이…. 그래도 이야기는 해놨으니까… 우리는 우리대로 방법을 찾도록! 이곳이 무너지면 연합군의 아르키는 끝이다…!"

제2 탄약공장.

이곳은 항상 열기와 소음으로 가득 차 있었다. 로봇 팔이 끊임없이 에너지 탄환을 조립하고, 병사들은 완성된 탄약을 지속적으로 운반하고 있었다.

"우린 공장이 아니라 지옥에서 일하는 것 같군. 매일매일 옮기느라 팔다리가 떨어져 나갈 것 같아…. 도대체 전선에서 얼마나 많은 탄약을 퍼붓는 거냐고!"

"타이거 하나를 잡으려면 최소한 20발의 에너지 탄환이 필요하다고 하더라…. 제길. 녀석들은 머리를 맞아도 쉽게 죽질 않는대…."

"뭐야, 정체가 뭐야! 이렇게 미친 듯이 탄약을 찍어내야 겨우 잡는 거라니…. 저 녀석들, 기계 아니야? 인간이긴 한 거야?"

"모르겠어. 하지만 확실한 건, 우리가 이 탄약을 만들지 않으면 우리 군이 다 죽는다는 거야. 그런데 진짜 이렇게 너무 빨리 쓰는 건…. 당장 인원을 더 충원해 달라고 해야겠어!!"

탄약병 A와 B가 번갈아 가며 대화하고 있었고, 감성이 다소 메말라 있는 클론 바이슨들이었다.

현재, 아르키 행성의 군수시설은 단순한 공장이 아니었다. 이곳은 연합군의 생명줄이다. 그러나, 타이거 부대가 점점 더 전장을 장악하면서, 이 군수시설의 한계도 점점 다가오고 있었는데…. 아르키 군수시설이 버틸 수 있을 것인가…. 이 모든 것은 시간과 전략에 달려 있었다.

이 시각, 타이거가 공격하고 있는 식품 보급창고.

아르키 군수시설 내 보급 관리소. 여기는 물자가 가득

쌓여 있었고, 군수 담당 병사들이 분주히 움직이고 있는 곳으로, 이곳은 아르키 행성 병사들뿐 아니라 전선에 있는 병사들에게까지 먹을 수 있는 물자를 공급하는 곳이었다.

그날 밤, 보급창고는 저승사자보다 더 무서운 그 무엇의 정의가 불가능한 가장 극한의 공포로 물들었다.

어둠 속에서 조용히 이동하던 타이거 부대는 소리 하나 없이 그림자처럼 보급창고를 포위했다. 이들은 코드의 명령에 따라 목표물을 감지하고, 신속하고 효율적으로 제거하도록 프로그래밍된 전투 기계로 급돌변해 버렸다.

"크…. 목표… 시익별… 완료. 즈읏시… 작전으을… 개시… 하… 라…. 흐…." 타이거 리더가 개시했다.

한순간, 침묵이 무너지면서 타이거 부대는 유리창을 깨어 안으로 진입했다. 붉게 빛나는 눈을 가진 타이거 개체들이 순식간에 보급창고 내부로 흩어졌다. 병사들이 경고음을 울리기도 전에, 첫 희생자가 발생했다.

“코드다! 타이거 부대…! 으악!!” 병사들이 이렇게 외치고 다닐 무렵 그가 총을 들어올리기도 전에, 타이거-002가 순식간에 접근해 그의 목을 단번에 꿰뚫었다. 병사의 몸이 축 늘어졌고, 피가 바닥을 적셨다.

타이거들은 인간 병사들을 개별적으로 상대하는 것이 아니라, 하나의 거대한 포식자로서 움직였다. 대형을 이루며 훈련받은 방식 그대로 병사들을 분산시키고, 도망칠 틈을 주지 않았다.

이들은 군사 전술을 기반으로 한 포위 섬멸 전술을 사용했다. 먼저 보급창고 내부를 세 구역으로 나누고, 각 구역에서 생존자들을 철저히 추적하며 제거하였고, 병사들이 한쪽으로 몰리면 다른 쪽에서 포위망을 좁혀, 점점 탈출로를 없애나갔다.

타이거-003은 눈앞에서 도망치려던 병사의 허리를 붙잡고, 그대로 공중으로 던졌다. 날아간 병사는 벽에 부딪히며 척추가 부러져 바닥에 떨어졌다. 그가 비명을 지르기도 전에, 타이거-004이 다가와 그의 몸과 머리를 단번에 분리하였다.

“제발… 살려…!” 어느 병사는 마지막으로 이러한 한 마디를 남겼다.

타이거-005는 이 말을 끝까지 들을 새도 없이, 손톱을 날카롭게 세운 채 병사의 가슴을 꿰뚫었다. 심장이 멈추면서, 붉은 피가 그들의 강화된 피부 위로 튀었다. 하지만 그들은 아무런 감정도 느끼지 않았다. 오직 목표를 완수하기 위한 존재였을 뿐.

창고 중앙에서는 타이거 부대가 한꺼번에 점프하여 생존자들을 짓누르는 강제 압박 전술을 펼쳤다. 갑작스러운 충격에 병사들의 갈비뼈가 부러졌고, 숨을 헐떡이는 동안 타이거들은 무자비하게 신체를 해체해 나갔다.

그 후로 수천 명의 병사와 장교들을 궤멸시켰고 마지막 병사가 창고 문으로 도망치려 했지만, 타이거-006이 공중에서 낙하하며 그의 몸을 두 손으로 잡아챘다. 거대한 힘이 그의 몸을 잡아당겼고, 단숨에 “으드드득….” 척

추가 부러지는 소리가 울렸다. 그는 힘없이 축 늘어졌고, 타이거는 마치 쓰레기를 버리듯 그의 몸을 바닥에 내동댕이쳤다.

나머지 007… 010… 도 여기저기서 신나는 댄스를 하듯 마냥 행복한 얼굴로 인간을 도륙해 가고 있었다. 단지 총 10명의 타이거 부대가….

타이거 부대는 총에도 매우 능하여 많은, 그 많고 많던 수천 명의 인원을 없애버리는 것은 일도 아니었다. 건물에는 불길이 치솟으며 보급창고는 잿더미가 되었다. 그들은 말하지 않아도 남긴 것은 단 하나였다.

완전한 파괴와 잔인한 학살.

그날 밤, 아르키 군수시설의 보급망은 소용돌이에 마구잡이로 빨려 들어간 것처럼 완전히 붕괴되었고, 연합군 전선은 심각한 타격을 입었다. 그리고 타이거들은 여전히 어둠 속에서 다음 목표가 오기만을 기다리고 있었다.

미션 코드명 스프링건

지구, 우주연합군 본부 고위급 전략지휘관 회의실.

회색빛으로 가득한 회의실, 벽면의 디지털 스크린에는 현재 진행 중인 작전 개요가 흐르고 있었다. 길게 놓인 테이블 끝자락, 잭슨 대령이 묵직한 눈빛으로 지휘관들을 바라보며 입을 열었다.

"제가 말씀드렸다시피 이 미션은 제이크 대위가 해야 합니다. 제가 원하는 방향으로 풀어주셨으면 합니다. 그런데, 제가 공개적으로 제이크 레드 아이언 부대를 부를 수 있는 명분이 없는 상태입니다."

회의실은 순간 적막한 분위기가 연출되었다. 테이블을 둘러싼 각 지휘관들은 서로의 얼굴을 살폈다. 몇몇은 의아한 표정을 짓고 있었고, 몇몇은 이미 잭슨의 의도를 눈치챈 듯했다.

"잭슨, 그들을 부르는 것 자체가 문제 아닙니까? 제이크가 몬카로 행성과 카니에 행성에서 큰 명성을 얻은 것은 사실이지만, 현재 그만큼 다른 부대도 업적이 있습니다. 만약 우리가 그를 불러들였다가 일이 잘못된다면, 연합군 내부 기강에 분열을 초래할 수도 있어요."

이든 총사령관(제독)의 이야기를 들은 잭슨은 미소도 없이 단호한 표정으로 고개를 여러 번 끄덕였다. 그는 이미 모든 것을 고려하고 있었다.

"그러니 필요하다는 겁니다. 명분이."

그의 말에 회의실이 다시 한번 정적에 잠겼다. 이때 잭슨의 시계에서는 메시지가 도착하였고 잠시 의자를 뒤로 한 채 자리에서 일어나 TV 스크린을 켰다. 마침, 화면에는 긴급뉴스로 "카니에 행성 엘라스코 팩토리의 멜론 의원 사망 원인"이라는 제목과 함께, 여러 방송국에서 그의 죽음을 둘러싼 여러 가지 정보들을 설명, 인터뷰 등 자료 화면을 제공하고 있었다.

"멜론 의원이 사망한 사건을 이용할 겁니다."

잭슨 그의 목소리는 차분했지만, 그 안에 담긴 의미는 무거웠다. 몇몇 지휘관들은 인상을 찌푸렸고, 몇몇은 고개를 끄덕였다.

"멜론 의원이 죽은 것은 확실히 의문점이 많습니다. 그러나 그것을 이용하는 것이 과연 옳은 일일까요?" 토렌 장군이 말했다.

이에, 케이사 장군은 "멜론 의원의 죽음과 관련된 조사를 명분 삼아 그를 소환한다니, 그 제이크 대위에게도 문제가 될 수 있습니다. 다시 말하면, 제이크 대위에 대한 조사가 이루어져서 본 프로젝트가 무기한 지연될 수 있다는 소리예요."

"네, 맞습니다. 일리가 있으신 말씀입니다. 다만, 제 플랜은 그렇게 해서라도 화제를 다른 곳으로 돌리고, 연합군 내부에서도 테리버 기어를 비밀리에 개발하고 있다는 것을 당분간 알지 못하도록 하는 것이라 생각합니다. 우리가 전쟁을 효율적으로 진행하기 위해, 코드 모르게 우리는 그것들을 실전에 투입할 준비시간을 확보해야 합니다."

회의실은 다시 침묵에 잠겼다. 그리고 곧 누군가 조심스럽게 입을 열었다.

"제이크 그 병력이 된다는 겁니까?" 케이사 장군의 말을 라이언 부사령관이 거들었다.

잭슨은 고개를 끄덕이며 한 발 앞으로 나섰다.

"제이크와 레드 아이언 부대는 현재 제가 지금껏 경험한 연합군 내에서 최강의 병력입니다. 그들은 실전 경험이 많고, 기존 군 전술 이상으로 뛰어넘는 전투 감각을 지니고 있습니다. 더욱이, 저희가 믿을 수 있어야 하고요."

다시, 잭슨 대령이 말했다.

"테리버 기어는 단순한 병기가 아니라, 인공지능 스테인과 조종사의 신경을 직접 연결하는 시스템입니다. 조종사가 단순히 조작하는 것이 아니라, 기어가 조종사의 신체 반응을 강화하고, 조종사는 그 역시 기어와 일체화되어야 합니다."

그는 천천히 주위를 둘러보았다. 모든 지휘관들이 그의 말을 경청하고 있었다.

"이 기술을 사용할 수 있는 병사들은 강인한 신체, 극한의 정신력, 그사이 발현되는 창의적인 전투기지(機智)를 발휘하는 인원은 극소수입니다. 그중 가장 적합한 인물이… 제이크입니다."

지휘관들 사이에서 조용한 술렁임이 일었다. 모두가

잭슨의 계획이 어떤 의미인지 알게 되었다. 단순히 병력을 강화하는 것이 아니라, 새로운 전쟁 병기의 첫 번째 실험자가 필요했던 것이다.

“제이크가 우리 계획을 사전에 알게 된다면요?”

잭슨은 토렌 장군에게 단호하게 대답했다.

“알게 되더라도, 그가 선택할 수 있는 길은 하나뿐입니다. 그는 싸우는 것을 멈추지 못할 겁니다. 레드 아이언 부대는 전장에서 싸울 운명을 타고났습니다. 제이크가 연합군을 배신하지 않는 이상, 그는 우리가 원하는 대로 움직이게 될 겁니다.”

“하지만, 만약 그가 반발한다면 어떻게 하실 겁니까.” 이든 장군이 토렌 사령관의 주위를 환기시키며 다시금 언급했다.

잭슨은 살짝 미소를 지었다. “그럴 경우를 대비해서, 우리가 준비해 둬야겠죠.”

그는 앞에 있는 대형 스크린을 다시 터치했다. 이번에는 "테리버 기어 - 1차 전투 시뮬레이션"이라는 제목이 떴다. 화면에는 이미 개발된 기어들이 테스트 중인 모습이 나타났다. 그 기어들의 조종석에는, 이미 몇 명의 조종사들이 탑승하고 있었다.

실패하는 장면, 정신적으로 약하여, 테리버 기어와 동기화 중 정신착란 증세를 보이며 헛소리를 하는 대원, 다른 장면은 순간 의식을 잃어버리고, 엄청나게 큰 소리로 웃는 모습, 피를 토하는 모습 등 다양한 사례가 나왔다.

동작은 적응을 못 하여 허우적대는 모습, 스테인과 정신적으로 싱크가 되지 않아 테리버 신체의 일부 기능만 쓸 수 있는 상태가 계속되는 모습, 발사된 실험용 총알을 피하지 못해 애써 맞아버리는 모습, 스스로의 발에 걸려 넘어지는 등 다양한 사례를 보여주고 있었다. 이 같은 사례가 잭슨 대령이 임무를 맡기 전부터 수년간 지속되어 왔었다.

이처럼 계속 실패만 거듭하였고 이 때문에 전임 책임

자는 해임되었으며, 그 뒤를 잭슨 대령이 맡게 되었다. 이를 등용한 것은 이든 총사령관이었으며, 이든 사령관은 그의 막역한 선배인 라이머 제독에게 추천받았던 것이다.

잭슨 대령이 부임한 이후 더욱 세밀하게 마이크로된 스테인 AI, 절차적으로 빠른 프로세스로 개선, 스테인의 인간 신경망 학습강화로 인하여 근 2년간 이 같은 사례가 급감, 보다 간결하며 정확한 매뉴얼을 만들어 적용해왔다.

스크린에서 마지막 영상이 나온 뒤, 잭슨은 차가운 눈빛으로 다시 말했다. “이제 테리버 기어는 준비가 끝났습니다. 이제 실전에서 테스트할 대상만 남았습니다. 그리고, 우리는 최고의 전사들을 원합니다.”

“제이크 레드 아이언 부대가 이 기어를 사용하게 될 것입니다. 원하든, 원하지 않든. 만일, 이에 배신하거나 동요를 일으키거나 한다면 이는 제가 영원히 비밀로 하도록 처리하겠습니다.”

그의 말이 끝나자, 회의실은 조용해졌다. 하지만 모두 알고 있었다. 이 작전에 잭슨이 적임자라는 것 그리고 이미 실행되고 있다는 것을. 더 나아가 이제, 제이크가 그의 연극무대 위로 올라올 차례라는 것을.

잭슨 대령은 군 내부에서 오랜 경험이 있어 이가 추진하는 프로젝트에 이의를 제기하는 사람들이 많지 않았다. 더욱이, 아르키 행성의 파르테논 전쟁에서 기적적으로 살아남아 근 5년간 몸과 마음을 치료받고 군에 복귀한 지 2년 정도 되었을 무렵이었으며, 만일 이 전쟁에서 무사히 돌아왔다면 장군 진급 대상자였던 것도 지금은 무참히 날아가 버려 지금도 대령에 머물러 있음은 물론이다.

회의에 많은 온몸의 에너지를 쓴 채로 힘없이 밖으로 나오던 잭슨 대령은 두 다리가 저려왔다. 몸 전체가 긴장한 탓인지 파르테논 전쟁에서 잃어버린 두 다리의 신경과 티타늄으로 만든 다리의 접합 부위가 불편해지는 이유에서다.

"으으…. 신경을 좀 쓰면 또 이런다니까…. 내 몸이 문제겠지…. 기술은 정직하니까….” 잭슨이 스스로에게 말하였다.

—

제이크와 레드 아이언 부대의 칼리버 전투기들이 대기권을 통과하며 지구의 하늘을 가로질렀다. 기체가 공기 마찰에 의해 붉게 빛나며 착륙 지점을 향해 빠르게 하강했다. 창밖으로 보이는 지구는 그리웠지만, 이번 방문이 달갑지 않은 귀환이라는 것을 제이크는 잘 알고 있었다.

착륙선이 지구 연합군 기지의 격납고에 닿자, 곧바로 기체 외부에 무장한 법무장교들과 군인들이 대기하고 있었다. 기내의 조명이 어두워지자, 내부 통신망에서 거친 음성이 울렸다.

“제이크 프린스턴 대위, 즉시 체포하라는 조치가 내려졌다. 무기를 내려놓고 즉시 항복하라.”

제이크는 헛웃음을 지었다. “역시나 실감 나네, 돌아왔군. 이런 대접을 받을 줄이야."

"뭐, 알고 온 거잖습니까? 하하, 피케이를 시켜서 다 제거하라고 할까요?" 케이가 넘겨짚으며 말했다.

옆에서 듣고 있던 피케이는 "명령만 내려주십시오! 먼저 담배 한 대 피울 시간만 주신다면, 뭐 안 될 것이 있겠습니까?"라며, 비장한 분위기를 연출하였다.

"이야이야…. 아주 좋구먼, 분위기! 내가 다 책임을 안고 갈 테니 걱정들 붙들어 매고!"라며, 부대원들과 두 손을 위로 들며 밖으로 향하는 제이크였다.

"어이, 알겠습니다. 제가 제이크입니다. 잠시, 담배 한 대 피우고 가도 되겠습니까? 선내에선 담배를 피우지 말자는 게 제 의지라 먼 거리를 와서 담배 한 대가 보고 싶은 애인처럼 너무 그립더라고요!"

그는 담배 한 대를 피우고 난 뒤, 다시 천천히 손을 들자, 군인 무리들이 다가와 그의 손목을 뒤로 꺾으며 수갑을 채웠다. 이들은 부대원들의 무장을 모두 압수한다는 이야기를 건넨 뒤 몸수색을 하였고 이후, 선내에도 무기가 없는지도 다시 한번 체크하였다.

왠지 알 수 없는 이 기운에서 제이크는 불현듯 어디서 자신을 지켜보고 있다는 낌새를 차리게 되었고 그의 눈으로 건물 주위를 스캔했다. 분명 어딘가에서 누군가 자신을 지켜보고 있을 것 같았다.

그리고 예상대로 격납고 상층부에서 누군가가 바라보고 있었다. 어두운 유리창 너머에서 느껴지는 낯익은 시선…. 그는 그것이 누구인지 알 것 같았다.

“어어…. 대응이 좀 과한 것 아닌가 너무 아프게는 하진 맙시다. 어이, 어이, 이거 꼭 이렇게 막 이래야 하는 거야? 아프다니깐!”

“제이크 대위, 우리도 명령대로 하는 만큼 협조하길 바란다.”

법무장교가 이렇게 말한 뒤 케이는 이같이 말했다. "부대장님, 지금 분위기는 왠지 모르게 뭔가 있는 것 같습니다. 제가 아는 이 상황에서는 무조건 총부리를 우리에게 겨누면서 경계를 유지해야 합니다. 그런데, 이상하게도 총부리를 우리에게 겨누지 않네요. 말과 행동은 강하게 나오는데 뭔가 다릅니다."

피케이도 "우리가, 잘못한 게 없는데 이렇게 나오는 거야? 아까 한 놈이라도 보내버렸어야 했나…. 칫." 자신의 실력에 철저하게 다혈질인 피케이가 주변 대화에는 상관없이 혼자 되뇌었다.

"케이, 나도 분위기 파악했어. 뭔가 있긴 있는데 뭔지 모르겠네. 들어가 봅시다. 지금 와서 보니 들어가 보면 신나는 뭔가가 기다리고 있을 것 같은 예감이 드네!"

나머지 부대원은 계속 걸어가면서 투덜거리고 있었고, 이들의 이야기를 개의치 않으며 법무장교와 동반한 군인들은 그와 부대원들을 곧장 연합군 본부의 취조실로 끌고 갔다.

제이크는 차가운 금속 의자에 묶인 채 손목을 돌리며 심드렁한 표정을 지었다. 취조실의 조명은 무표정한 느낌으로 날카로운 빛을 내뿜고 있었고, 벽 한쪽에는 감시카메라가 달려 있었다. 그는 자신을 잡아넣은 사람이 누구인지 알 것 같았다. 그리고 곧이어, 문이 열렸다.

그의 눈이 커졌다. "잭슨 대령님!"

자동반응으로 경직되었던 분위기에서 정직한 자세로 급반전하며 잭슨 대령을 향해 경례를 빛의 속도로 세차게 박았다.

"우리, 많이 오랜만인가! 제이크." 밝은 웃음이었지만 그동안 묵은 아픔이 있는 듯 웃음기를 누르며 말했다.

"넵, 어떻게 지내셨습니까?"

"한번 죽었었지. 파르테논 전쟁에서. 모두가 만신창이가 되었지만 난 미련하게도 간신히 살아남았어. 장렬히 전사했어야 떠나간 이를 위해 부끄럽지 않았을 것을."

“무슨 말씀이십니까. 아직 하실 일이 많이 남아 있으십니다!”

“그래, 그게 신이 주신 운명이라면 받아들여야지. 뭘 할 수 있을까 하늘만 바라보는 시간이 지나고 보니 어느 순간, 이제는 용변을 보고 싶을 때 스스로 앉을 수는 있게 되었지, 뭔가. 시간이 약이긴 약이야. 하하.”라며, 한쪽 다리의 바지를 살포시 걷어 올렸다.

“아…. 대령님…. 어쩌시다가….”

“두 다리가 이렇게 되고, 깨달은 게 많아. 집에서 티타늄 다리 없이 기어다니면 바닥의 지저분한 때들이 더 보이더라고. 눈이 보이지 않는 사람들은 귀가 더 예민해진다고 하지 않나. 조금 쉬는 동안 세상이 많이 변했다는 걸 실감하게 되었지. 이런 나를 다시 이렇게 불러준 군이 고마울 따름이기도 하고. 물론, 그렇다고 집에서 매일 기어다니진 않네.”라며, 잭슨이 웃었다.

이어서, 잭슨은 급건조한 분위기를 연출하며 기민한

자세로 제이크를 바라보았다.

"그건 그렇고, 지금부터 하는 이야기는 기밀일세. 절대 밖으로 나가선 안 될 말이야. 이미, 이 취조실의 CCTV는 내가 들어올 때부터 복제된 영상으로 덮어지고 있으니까 걱정하지 말고."

잭슨은 이어서 말했다.

"멜론의 죽음으로 너희 부대원들을 호출한 것은 맞고, 자네들은 비밀리에 아르키 행성으로 갈걸세. 지금 그곳은 코드가 만들어 낸 타이거 부대의 살육장이 되었어. 이미 상당한 병력이 그들의 손에 사라져 버렸지. 이걸 막아야 하네."

그는 탁자 위에 작은 데이터 패드를 올렸다. 패드가 위로 빛을 내며, 홀로그램으로 커다란 로봇 장비의 설계도가 떠올랐다. 제이크의 눈이 미세하게 흔들렸다.

"테리버, 테리버 기어…."

제이크는 계속 집중하면서 뚫어져라 바라봤다. 인간형 전투 기어, 인간이 착용, 탑승하는 장갑형 전투 로봇. 기존의 그 어떤 전투 슈트보다 강력하며, 착용자의 신경과 직접 연결되어 조종하는 방식이었다.

"이걸 보여주시는 이유가…."

"짐작했겠지? 지금 다시 한번 묻겠네. 국가와 국민을 위해 죽을 준비가 되어 있는가."

취조실을 나설 때, 제이크는 여전히 생각에 잠긴 상태였다. 다시 밖으로 인도되어 어느 회의실 같은 곳에 도착할 무렵 그의 손목에서 수갑이 풀렸고, 들어가 보니 그를 기다리는 것은 법무장교가 아니라, 레드 아이언 부대원들이었다.

회의실에 들어선 순간, 벽면 거대한 스크린에는 테리버 기어의 실전 테스트 영상이 재생되고 있었다. 조종사들이 거대한 로봇을 입고 훈련하는 모습, 엄청난 기동력과 전투력을 발휘하는 장면들이 흘러갔다.

잭슨은 창밖을 바라보며 조용히 말했다.

"이걸 착용하고 싸우면, 타이거 같은 괴물들과도 아니 다른 무엇과도 정면으로 맞설 수 있다는 게 우리의 생각이다."

제이크는 여전히 의심스러운 눈빛으로 그를 바라보았다.

"아…. 처음부터 이걸 위해 절 부른 거였나요! 역시 숨겨진 파티!"

잭슨은 천천히 고개를 끄덕이며, "앞으로 할 일이 많잖은가. 내가 아는 가장 강한 사람이니까. 그런데, 타이거 부대와 싸우려면, 너희는 더 강해져야 한다."

그는 다시 한번 화면을 가리켰다. 테리버 기어의 최종 테스트 영상을 보여주고, 영상이 끝나곤 잭슨은 천천히 자리에서 일어나며 말했다.

"좋아. 시간이 없으니 바로 갑시다."

거대한 격납고 한가운데, 테리버 기어가 웅장한 모습을 드러내고 있었다. 제이크는 눈앞의 강철 거인을 올려다보며 한숨을 내쉬었다.

“하하…. 이걸 내가 직접 입고 싸우라고?” 제이크가 말했고,

“장난이 아닌데요!”, “군 생활 아주 드라마틱해.”, “밥은 먹고 하는 거죠?”, “오! 저 해머 너무 맘에 드는데?”라는 등 다양하게 부대원들의 이야기가 흘러나왔다.

“테리버 기어는 단순한 기계가 아닙니다. 파일럿과 신경적으로 연결되면서 반응 속도를 극대화하죠. 하지만 신체 부담이 크기 때문에 조종사마다 적응력이 다 다릅니다.” 엘리자베스 기술 장교가 말했다.

“소개가 늦었습니다. 테리버의 기술 실무를 총괄 담당하고 있는 엘리자베스 리빙스턴 대위입니다. 보통 동료들은 베스라고 부릅니다.”

이렇게 말하곤 베스는 테이블에 있던 헬멧을 집어 들었다. 안쪽에는 복잡한 센서와 뇌를 동기화하는 전극 장치들이 잔뜩 박혀 있었다.

"이 헬멧을 쓰기 전에 이 슈트를 먼저 입어야 합니다. 헬멧을 쓰고 신경을 연결하면 그 즉시 스테인 AI는 신체에서도 그에 대한 빠른 반응을 요구하며, 그만큼 순간적인 행동이 많아져 근육과 신경에 무리가 가기 시작합니다. 이때, 머리는 지치지 않았다고 데이터를 보내는데, 실제론 몸은 지쳐서 움직이지 못하게 돼버리더군요. 이를 잭슨 대령님의 마이크로 스트레스 테스트로 깨닫게 되어 만들어졌습니다."

베스가 이어서 말했다.

"안 입으셔도 견딜 수 있으리라 생각은 하지만, 입으시면 더욱 유연해진 행동을 경험하실 수 있으실 겁니다. 사이즈는 걱정 안 해도 됩니다. 자동으로 전신에 밀착되어 스키니 타입으로 핏이 맞춰지는 나노기술로 만들어졌으니까요."

베스는 다시 말했다. "부대원이 이곳으로 오시는 동안 잭슨 대령님과 저는 이를 탑승할 부대원을 선별하였습니다. 전투원 위주로 선발하였으니 양해 부탁드립니다.

테리버 부대 총 7인 중 제가 호명하는 5인은 이 복장을 입고 나오시면 됩니다. 제이크 대위, 케이맨 중위, 피케이 상사, 로건 중사, 빈센트 하사. 이상입니다."

"아…. 이런…." 제이크가 말했다.

"역시, 전 탈 필요가 없었다니까요. 테리버 기어 보면서 괜히 머리만 복잡했네요. 꽃들로 금속에 익숙해진 눈을 좀 정화해야겠어요. 조금 더 빨리 말해주셨으면 긴장 안 했잖아요! 훗!"

"저도 괜찮습니다. 스테인과 같이 연동하여 전자전을 하려면 로봇 내부보다는 밖에서 직접 하는 것이 훨씬 편합니다. 맞는 말이시네요!"

5인에 참여 못 한 리아 중사와 다니엘 하사는 이렇게

정리하였다.

옆에서 계속 듣고 있던 잭슨 대령이 제이크 대위 어깨를 툭 치며, "한번 해봅시다. 제이크. 그때가 생각나는군. 이번에도 한번 믿어봄세." 잭슨과 제이크는 라이머 제독과 있었던 그때의 기억을 서로 떠올렸다.

슈트를 입은 그들은 조용히 헬멧을 눌러 써보며, 각자의 조종석에 몸을 밀어 넣었다.

순간, 온몸이 짜릿한 전류에 감싸였다. 테리버 기어와 신경 연결이 시작된 것이다.

"신경 동기화 67%… 78%…. 오류 발생. 조종사 스트레스 반응 감지."

제이크는 눈살을 찌푸렸다. 순간 강한 두통이 밀려왔고, 온몸이 감각을 잃은듯한 느낌이 들었다.

"젠장… 이거 꽤 거슬리는데?" 제이크가 말했다.

“첫 적응 단계에서 신경 저항이 높으면 일시적으로 조종이 어렵습니다. 계속 유지하세요.” 베스가 말했다.

제이크는 이를 악물었다. 테리버 내부에서 그의 신체는 점점 강한 저항에 익숙해지고 있었다. 갑자기 헤드업 디스플레이에 경고 메시지가 떴다.

“조종 안정화 완료. 신경 동기화 92%…. 이니셜라이징 시퀀스. 기어 조작 테스트를 시작합니다.”

“좋아. 이제 움직여 볼까.”

그는 두 팔을 움직였다. 동시에, 테리버의 거대한 팔이 부드럽게 반응했다. 속도가 생각보다 빨랐다.

“아주 잘하고 있습니다. 이제 이동 테스트를 해보죠.”

제이크는 앞으로 한 걸음 내디뎠다. 순간, 테리버의 다리가 부자연스럽게 휘청이며 균형을 잃었다.

"이런 빌어먹을! 균형이 안 잡혀!"

"보행 패턴 불안정. 균형 조정 모드 활성화. 재싱크 분석 중."

테리버의 다리가 자동으로 재조정되었고, 제이크는 다시 한번 걸음을 내디뎠다. 이번에는 균형이 맞았다.

"점점 나아지고 있습니다, 대위. 이제 전투 테스트로 넘어갑니다."

제이크는 눈을 번뜩이며 주먹을 움켜쥐었다.

"좋아. 한번 해보자."

제이크가 조종석에 앉은 채 그대로 깊게 숨을 들이마셨다. 테리버 내부에서 스테인 AI가 다시 말을 걸었다.

"전투 모드 활성화. 기본 근접전 훈련을 시작합니다."

거대한 격납고의 벽면이 열리며, 여러 개의 훈련용 타깃이 나타났다. 일부는 자동으로 움직이는 기계 병기 형태였고, 일부는 타이거 부대를 모방한 훈련용 AI 로봇들이었다.

“이번 테스트에서는 플라스마 블레이드를 사용한 근접전 실험을 진행할 겁니다. 자신의 반응 속도와 기어의 제어력을 점검해 보십시오.”

그가 조종석에서 손을 움직이자, 테리버의 오른팔에 장착된 플라스마 블레이드가 활성화되었다. 예리한 칼날처럼 날카롭게 빛나는 에너지가 공기 중에서 진동하며 강렬한 푸른 빛을 뿜어냈다.

첫 번째 훈련용 타깃이 빠르게 돌진해 왔다. 제이크는 반사적으로 몸을 숙이며 회피하려 했지만, 기어의 반응이 늦었다.

“젠장! 기어 반응이 느려!”

"조종사와 기어 간의 신경 동기화율 85%. 반응 속도 조정 필요."

"신경이 아직 기어의 속도에 적응하지 못한 겁니다. 반복해서 연습하세요." 베스가 말했다.

제이크는 이를 악물었다. 그는 다시 한번 공격을 감행했다. 이번에는 블레이드를 휘두르며 정면의 타깃을 향해 돌진했다. 플라스마 블레이드가 타깃을 정확히 베었지만, 동시에 균형을 잃고 기어가 뒤로 휘청거렸다.

"이 빌어먹을…! 내 몸 같지가 않잖아. 뭘 어떻게 만들어 놓은 거야. 도대체."

"균형 조정 프로토콜 활성화. 자동 보정 시작."

테리버의 하체가 즉각 반응하며 균형을 잡았다. 그러나 그사이, 또 다른 적이 후방에서 기습을 감행했다. 제이크는 이를 미처 감지하지 못했다.

"기어는 당신의 움직임을 반영하지만, 당신도 기어에 적응해야 합니다. 반복 훈련을 통해 조종 능력을 높여야 합니다."

"하아…. 알겠다고."

그는 다시 정신을 가다듬고 훈련을 계속했다. 한 번, 두 번, 세 번. 점점 기어의 반응 속도가 빨라졌다. 그의 신경과 테리버 기어가 하나가 되어가고 있었다.

"신경 동기화 98% 도달. 전투 효율 최적화 중."

이번에는 제대로 공격을 맞췄다. 그는 순식간에 블레이드를 휘둘러 적을 반으로 잘라냈다. 이어서 반사적으로 옆에 있는 두 번째 적에게 빠르게 돌진해 강력한 펀치를 날렸다. 타깃이 공중으로 튕겨 나가며 격납고 벽에 부딪혔다.

"좋습니다. 예상보다 적응이 빠르시군요. 하지만 실전에서는 더 빠르고 강한 적들이 당신을 기다리고 있습니다."

제이크는 헬멧 안에서 미소를 지었다.

다른 한편, 부대원들은 아니나 다를까 급 용변이 마려운 강아지처럼 다리가 후들거리며 걷지 못하는 그 상태로 이어지고 있었다. 분명 기어와의 신경이 이어지는 싱크는 모두 무사히 진행되고 있었으나 제이크보다 시간이 걸리는 건 당연한 일이 아닐 수 없었다.

테리버 기어와 한동안 동기화되어 신경이 온몸을 곤두세워져 있는 상태에 갑자기 한가지가 번쩍 떠올랐다.

"아! 이런, 칼 브릭스 선배님 좀 풀어주십시오…!" 하며, 잭슨 대령에게 자초지종을 이야기했다.

"오케이!"

"아니, 여태 이야기를 안 하셨습니까?" 케이가 놀라며 말했다.

이에 베스는 "지금은 시각을 다투는 인류를 위한 중대

한 테스트 중입니다. 현 상황에 맞지 않는 다른 말씀은 하지 않으셨으면 합니다."

이를 들은 테리버 부대원들은 모두 "라져!"라고 응수했다.

"라져라니…. 하하." 잭슨 대령은 이렇게 말하며 조용히 미소를 지었다.

"미션명, 스프링건(Spring Gun). 무기들이여. 스프링처럼 매섭게 폭발하여라."

잭슨 그는, 스프링건 이름대로 곧 다가올 아르키 행성에서 품격 있는 아름다운 반격을 노리고 있었다.

레드 아이언 블레이드의 시작

우리는 우주라는 거대한 바다에서 또 한 번의 돛을 올렸다. 기술의 발전은 인간의 상상을 현실로 만들어 주었고, 우주는 더 이상 먼 미래가 아니라, 손에 닿을듯한 일상이 되었다.

대기권을 넘어서는 일과 이웃 행성을 향해 워프 드라이브로 가는 것 또한 익숙해졌으며, 우주는 더 이상 선택이 아닌 필수가 되어 있었다.

지구와 우주는 하나의 연결망으로 묶여 그 중심에 서

있는 것이 바로 프론티어 스테이션이었다.

매티가 단순히 위성 스테이션이라고 말하던, 프론티어 스테이션은 단순한 정거장이 아니었다. 물류 허브, 연구소, 학회, 관광지, 식량 유통 센터, 자원 순환시설, 심지어 문화 교류의 장까지. 지구와 우주의 모든 흐름이 이곳에서 만났다. 그렇게 프론티어는 우주 문명의 심장으로 자리 잡았다.

이곳에서의 매티는 고장나거나 오래된 폐기물 위성의 안내를 받고 묵묵히 처리하는 청소부였다. 지구에서 살 때는 이사를 자주 다닌 나머지 친하게 지냈던 친구도 많지 않고, 사고도 많이 쳤지만 AI 등 기술적으로 해박한 지식은 아버지에게 받은 영향이 있었다.

이 우주 청소부 일도 20대가 막 넘었을 무렵 초전도 스키드를 처음으로 신기한 호기심에 이끌려 너무 빨리 타다가 죽을뻔했던 사고 이후, 아버지가 소개해 준 일이었다.

물론, 타이드도 함께 있었다. 타이드는 아버지가 만들

어 주었지만 아버지 말보다 매티의 말을 더 따랐다. 아버지가 그렇게 프로그래밍도 했었기도 했지만서도 왠지 맹목적인 충신이랄까. 이러한 절대적인 애정이 뒷받침된 느낌을 항상 받았다.

그리고 그때, 우리는 이렇게 될지는….

수년간 우주에서 우주정거장 프론티어 스테이션과 위성을 수리하거나 폐기해 온 일을 하던 사이에도, 타이드는 항상 외부에서 오는 메시지를 받지 않았고, 우리가 하고 있는 일을 우직하게 해왔음이다.

그런데, 타이드가 몬카로즈에 대한 미션과 긴급구호 메이데이와의 그사이 어떤 메시지를 전달받은 뒤부터 지금껏 무료한 패턴에서 탈피하고 싶었는지 뭔지 모르겠지만 무엇인가에 이끌렸던 것 같다. 군 통신이 왜 타이드에게 왔고, 타이드는 왜 이것을 들었을까에 대한 질문은 최근에서야 풀렸지만서도.

그 이후, 몬카로 행성에서 몬트리스인 아지라엘의 밀

고로 인해, 코드의 공격으로 칼카리와 함께 수없이, 셀 수 없이 많은 몬트리스가 죽었고 그 죽음들이 단시간에 벌어진 것에 대해 누가 이렇게 많은 생명체에게 죽음을 정의할 수 있었는가에 대한 절규와 절망이 증오로 번지게 되어 이윽고 코드에 대한 분노로 넘쳐나기 시작했던 것이다.

호기심에서 분노로의 결말로. 마치, 분노라는 빛이 프리즘을 거치면서 분노 스펙트럼 색은 어떻게 표현될 수 있을지에 대하여 매티는 다채롭게 생각하고 있는 것만 같았다.

다시, 고궤도 연구소에서의 원인 모를 연구원들의 죽음도 떠올랐고, 그의 죽음도 코드의 짓이라는 생각이 정리되는 데에는 그리 오래 걸리지 않았었다.

그만큼, 매티의 의지는 굳건해지며, 이러한 말도 안 되는 우주쓰레기는 없어져야 한다는 문장이 뇌를 가득 메우게 되었다.

몬카스의 비밀을 풀고자 지구에서 클로커들을 만난 것도, 또다시 그에 대한 불씨를 더욱 타오르게 하였다.

어느덧, 이러한 과정에서 여기, 라이커스 행성 트라믹스 신전에서 라이덴 블라스터와 함께하는 힘이 생긴 후, 레드 아이언 부대가 있는 지구로 향하고 있던 그였다. 케이맨 중위가 다시금 흘린 통신으로.

"타이드! 워프!!"

"네! 매티! 5, 4, 3, 2, 1. 스파이더 게이트 워프!!" 타이드가 워프를 기동하였다.

—

한창, 테리버 기어를 탑승하고 테스트하던 레드 아이언 부대의 대원들은 잠시 조용히 숨을 골랐다. 각자의 신경과 직접 연결된 스테인 AI가 눈앞에 빠르게 정보들을 띄우고 있었다.

"적 감지 완료. 타이거 부대 개체 수: 1. 전투 모드 활성화. 전투 방식 추천 중."

부대원들은 무거운 장갑에 가려진 손을 쥐었다 펴며 감각을 조정했다. 테리버의 신체 확장 기능이 활성화되자, 마치 자신의 몸처럼 움직였다. 앞쪽에 있던 철골 구조물이 박살 나더니, 대략 2m쯤 되는 거대한 타이거 부대가 모습을 드러냈다. 붉은 인공 눈이 반짝였고, 강철 같은 팔뚝이 섬뜩한 광채를 띠며 무겁게 들어 올려졌다.

"타이거 부대의 핵심 공격 패턴 분석 중. 근접전 진입 시 파워너클을 우선 사용하여 적의 반응 속도를 저하시킬 것을 권장합니다."

레드 아이언 부대 테리버 기어는 통신을 열었다.

"포메이션, 레드 호크 피스트!"

제이크가 말했다.

이는 테스트 베드를 진행하기 전 실제 훈련을 동반하여 전략회의실에서 사전에 세운 포메이션이었다. 이어, 다른 초근접전, 중·장거리에 대한 기존 포메이션을 응용하여 새로운 패턴을 구상하였고 이에 대해 연습을 하는 중이다.

이는 지극히 군 전략기반으로 되어 있긴 하나, 주요 특징은 제이크가 만든 독창적이면서 변칙적인 포메이션들이었다.

타이거 한 기가 빠르게 돌진해 왔다. 거대한 다리로 지면을 박차며 뛰어오른 순간, 레드 아이언 대원들은 동시에 움직였다.

'레드 호크 피스트'는 갑자기 초근접한 타이거에 대해 테리버가 독수리처럼 날쌔게 날아가 발톱으로 공격한다는 의미로 파워너클 기능을 활용한 전술이다. 상대보다 일시적으로 최대한 빠르게 움직이는 게 관건인 것이다.

즉시, 테리버의 고출력 부스터가 작동하면서, 부대원

들의 몸이 마치 총알처럼 앞, 옆으로 튕겨 나갔다.

이에 대하여,

"뭐야 이건! 너무 느리잖아! 느려! 내 계획은 부대원 모두 다 이거보다 더 빨라야 된다고! 더, 더!"

"저희의 기술로는 여기까지가 한계입니다." 베스가 말했다.

"이거 외에 할 것이 많은데 벌써부터 막히면 어쩌란 거야."

이에 대해, 스테인은

"가장 최적의 움직임을 보여주고 있습니다. 이러한 이야기를 한다고 할 수 있는 것이 아닙니다. 현재의 기능에서 적응하십시오. 원하시면 다른 기동을 해야 합니다."

이때, 네모 형태의 각이 살아 있는 모자와 검은 천을 길게 늘어뜨리면서 등장하는 누군가가 보였다.

“오…. 아주 귀여운 것들을 만들어 놨군. 크기에 비해 동작이 아주아주 귀여워. 귀여워.”

“우리가 뭔가 도와줄 것이 있을 것 같은데, 친구들!” 곧 이어 말했다.

바로 클로커 리더 알파카와 그 무리들의 등장이었다.

알고 보니, 케이는 클로커에게도, 매티에게도 연락을 취하고 있었던 것이다.

“헉, 뭐야. 이거. 어떻게 알고 온 거야? 누가 여기에 먹을 것이 많이 있다고 알려준 거지?”

“제가 연락했습니다. 그리고, 잭슨 대령님의 도움이 좀 있었습니다.” 제이크의 이 말에 케이 중위가 말했다.

“바이슨치곤 아주 머리를 쓸 줄 안단 말야.”라며 속으로 이야기하는 제이크.

곧이어, 클로커들은 베스와 함께 테리버의 기능을 살펴보다가 오버-부스트 하는 방법을 찾아내었다. 이는, 테리버에게 있는 자체 핵융합기술 에너지를 사용한 것인데, 이를 안정적으로 활용하게끔 도와주는 커널 드라이브 모듈을 이들이 가진 별도의 알고리즘으로 순간적인 폭발력을 내게 하는 기능으로 개선하게 되었다.

"한번 해보시오. 커널 드라이브가 내 생각대로 기본적인 기능만 하도록 되어 있더군. 알면 알수록 아주 재미있는 녀석이 커널 드라이브라오."

"다만, 이를 쓰면, 테리버는 30분도 채 사용할 수 없기에 생명이 위험하거나 초근접 전술일 때, 비상시에 생사를 오가는 상황일 때만 사용해야 하는 양면의 거울이니 잘 생각해서 쓰도록 하시오."

이렇게 알파카가 주의를 주었다.

다시 시도하는 제이크 대위.

"포메이션, 레드 호크 피스트! 오버-부스트!"

이전보다는 확연히 다르게 순간적으로 완벽하게 몇 배로 터지는 힘이 생겼다.

이 포메이션은 순간적으로 빠르게 발톱을 드러낸 이후, 이와 동시에 적이 1명일 때에는 앞뒤로, 적이 2명 이상일 때는 X 형태로 4명이 한 팀이 되어 서로 빠르게 교대로 오가며 날카롭게 적을 공격하는 기술이었다.

타이거들은 피할 겨를도 없이 2~4번의 공격을 맞게 되고, 이 기술은 당장의 생명을 빼앗기보다는 상대의 움직임을 둔화시키는 것이 주요 목적이기 때문에 다리나 팔을 먼저 공격한다.

"크으으으으으…!!"

타이거의 손과 발이 할퀴어지거나 처참히 잘려 나갔다.

"테리버의 전투 기동력이 현저하게 떨어져 한계에 다다르고 있습니다. 앞으로 남은 시간 약 30분입니다. 앞으로 한 번의 공격 이후, 바로 회피 기동을 권장합니다."

스테인이 말했다.

이후, 움직임이 둔화된 타이거에게 피케이 테리버의 주요 무기 썬더 캐논을 조준하여 발사하였다. 그러곤, "콰과과과과광…." 발사와 동시에 타이거의 피부와 내장이 여기저기 파편으로 찢겨 나갔다.

"예~! 좋아! 앞으로, 이제 한 놈씩 차례대로 없애주겠어…!"

이렇게, 늦게까지 레드 아이언 부대는 클로커의 도움과 각종 포메이션의 연습으로 상당한 진척을 이루게 되었다.

곧이어, 매티도 타이드와 함께 이곳에 도착하였다.

“안녕하셨습니까? 제가 좀 늦었습니다!”

매티가 말하며, 타이드도 그의 뒤를 따라 들어왔다.

—

엘라스코 팩토리 폭파 작전 계획은, 달에서 위급하게 지구로 탈출한 이후 2~3개월이 지난 어느 날, 칼 브릭스는 달에서처럼 바쁘진 않았지만 소소하게 자신의 임무를 가볍게 수행하고 있었다. 그동안 연합군과의 조율 작업, 전투 준비, 그리고 전쟁 후방 지원까지 바쁜 나날을 보내고 있던 그에게, 예상치 못한 연락이 도착했다.

“칼, 오랜만이야.”

칼 브릭스는 잠시 놀란 표정을 지었지만, 이내 익숙한 목소리에 미소를 지었다.

“오! 드디어 연락이 오는군! 뭔가 신나게 펼쳐야 하는 날개가 생긴 모양인데? 목소리에 표정이 다 보이는걸.”

"후후, 로맨틱 칼, 이건 사적인 연락이 아니야. 통화로 말고 우리, 직접 만나서 이야기합시다!"

"… 무언가 미션이 생겼나 보군. 알겠어. 어디로 가면 되지?"

칼 브릭스는 지정된 장소로 향했다. 도착한 곳은 연합군 지휘 본부가 아닌, 마리안의 집 지하 가장자리의 작은 룸이었다. 조용한 공간 안에는 홀로그램 지도가 떠 있었고, 마리안이 그 앞에서 팔짱을 낀 채 서 있었다.

"이 분위기… 그냥 술 한잔하자는 이야기는 아닌 것 같은데." 칼이 말했다.

"술 마실 때가 아니야, 칼. 엘라스코 팩토리를 폭파하라는 명령이야."

가벼운 분위기와 기색은 없어지고 둘은 지도에 천천히 다가갔다.

"결국 이걸 터트릴 생각인 건가…."

"상부에서는 이제 이 팩토리가 명운을 다한 것으로 그냥 두는 것이 위험하다고 판단했지. 코드가 이곳을 점령한 이후, 타이거 부대를 여기서 대량 생산하려 한다는 정보가 들어왔어."

칼은 심각한 표정으로 홀로그램 지도를 바라보았다.

"타이거 부대를 계속 생산하게 된다면, 우리 전선은 점점 더 힘들어지겠지. 하지만 이렇게 큰 시설을 폭파하는 건 쉬운 일이 아니야. 계획은 있나?"

마리안은 깊은숨을 내쉬며 손가락을 움직였다. 홀로그램 화면에 2개의 계획이 떠올랐다.

"두 가지 선택지가 있어."

칼과 마리안은 이렇게 둘 사이에 전략 이야기를 나누고 있었다. 이렇게 이야기를 말할 수 있었던 건, 이러한 정보가 비밀 정보임에도 칼과 마리안은 서로 허심탄회하게 나눌 수 있었는데 이들은 군 입대 동기로 지금은 마리안의 군 미션을 외부에서 칼이 협업하여 해결해 주고 있는 사이였다.

이들은 오래전부터 각각 결혼은 하지 않은 채 서로 간 깊은 관계를 지속하고 있었다. 마리안이 로맨틱한 남자란 단어를 스스럼없이 말할 수 있는 대상이 그였기에 가능했다.

“그럼, 이 작전에서 필요한 게 뭐지? 마리안? 조용히…. 이 일을 처리할 선수가 필요할 것 같은데….”

“이번 작전은 누구를 없애는 것보다는 파괴를 목적으로 하는 작전이라 가장 중요한 건 기동력 즉, 무엇보다 스피드가 필요해. 적의 감시를 뚫고 빠르게 조용히 잠입할 수 있는 고도의 전문가가.”

“스피드라…. 그런 친구가 있긴 하지…. 그 친구….”

"칼, 그 친구가 누군데?"

"웨스턴 트래커, 빌리와 파이크."

칼은 이들에 대한 이야기를 간단히 들려주었다.

지구 사막의 어느 도시국가, 우주연합에 반감을 갖고 있는 이 지역은 기온은 상시 40~50도에 육박하고 통신을 하기엔 도시 자체가 교란시설이 즐비하며, 위성 신호도 모래폭풍마저 도와주지 않는 환경이었다.

심지어 스텔스 드론조차 좌표를 잃고 추락하는 곳이었으며, 또한, 이곳의 일부는 오래전 핵융합 방사능 사고로 주변이 오염되어 다양한 변종의 동물이 생겨난 곳이기도 하다. 이에, 해당 동물이 이 지역을 벗어나 인간을 공격한 사례가 빈번하게 이루어지고 있었다.

이곳 연합군 캠프에서는 어느 날, 정찰을 마치고 와야 하는 인원들이 돌아오지 않았다는 소식이 급히 전해졌다.

수색 작업을 수일 동안 해도, 인기척조차 찾을 수 없는 상황이 계속되면서 다른 방법을 찾아야 했는데 이 소식을 들은 빌리와 파이크는 그 지역에서 센토카라는 별종 생물이 살고 있다는 소식을 다크마켓에서 어렴풋이 전해 들은 바가 있었다.

이에, 이들은 이 인원들이 사라진 지역을 삼각측량 하여 대략 센토카가 있을만한 위치를 정한 뒤, 전자기 신호를 감지하여 먹이를 찾는다는 센토카가 좋아할 법한 전기적인 생물인 비트라를 한 트럭 가져와서 스키드를 타고 사막 한가운데서 전방위적으로 뿌렸다.

이를 감지하고 여지없이 나온 센토카.

센토카 주변에는 눌어붙은 피들과 소총으로 공격받은 상처들, 그리고 다수의 이빨이 있는 입 주변 돌기에 그들의 것으로 보이는 옷가지가 걸려 있었다. 이에 사진을 찍어 연합군에 송신하였고 이것을 접수한 연합군에서는 지원군이 몰려와 센토카를 사살하게 되었다. 그 후, 센토카의 위장에서 그들을 찾을 수 있었다.

작전 종료 후, 연합군 캠프 사령관은 작전 보고서를 읽은 뒤 첨단을 달리는 기계의 환경 속에서 원시적인 접근법인 감각과 본능의 작전수행 능력을 인정하며, "서부 개척지에서 태어난 자들처럼 센토카 엉덩이를 아주 세게 걷어차 버렸군. 오늘 저녁은 센토카 BBQ로 갑시다." 이러면서 시가 한 모금을 태웠다고 전해졌다.

이후, 공식적인 문서는 없지만 이 같은 내용이 다크 커뮤니티에 흘러 들어가 이들은 서부의 카우보이 추적자라는 뜻으로 웨스턴 트래커라는 별명을 붙여졌다고 한다.

칼의 이야기를 듣고 마리안이 고개를 연신 끄덕이며 이에 대한 관련 데이터를 검색했다. 홀로그램에 빌리의 기록이 떠올랐다.

"아, 그래, 이들 아이카 하우스의 현상금 사냥꾼…. 나도 들어본 적 있어."

"응, 지금껏 말했지만 그들은 침투와 암살, 폭파 작전의 전문가야. 게다가 그의 파트너 파이크는 공격과 함께 내부 시스템 해킹에도 능한 전략 로봇이고. 지금껏 이런 미션의 횟수만큼 이상으로 센토카처럼 작전 중 무심코 하늘나라로 보내버린 것이 상당히 많을걸?"

"칼 역시 참 거칠어…." 마리안이 웃었다.

마리안이 이 말을 듣고, 그렇게 하라는 사인을 주었다.

"좋아, 내가 직접 찾아가서 계약을 해야겠군." 이렇게 말하곤 출발할 채비를 바로 하고 있는 칼이다.

"칼, 지금 바로 간다고? 이제 끝났으니 난 샤워 좀 해야겠어. 뭐, 그냥 그렇다고!" 하며, 윙크를 하는 마리안.

"좋아, 그럼 뭐, 잠시 군 시계 좀 멈춰볼까…. 이 분위기에 맞는 곡으로 하지!"라며 응대했다.

샤워부스에서는 두 사람만의 물줄기 소리와 곡이 어울려 우주에서 제일 아름다운 별을 닮은 그들만의 시간을 선사하고 있었다.

한편, 아이카 하우스는 AI들이 컨트롤하는 요새 같은 도시였다. 복잡한 골목길을 지나 한 어두운 술집에 도착했다. 문을 열자, 카우보이모자를 쓴 남자가 앉아 있었다. 그의 옆에는 작은 기계가 빛을 깜박이며 서 있었다.

"요오! 칼 브릭스! 한동안 못 봤군. 무슨 바람이 불어서 날 찾았지?"

"일거리가 있지. 아주 크고 위험한 일이." 칼이 말했다.

빌리는 잔을 내려놓으며 흥미롭게 웃었다.

"아주아주 위험한 일은 내 전문이지. 그나저나, 비트라 한 잔 줄까? 이거 언제부턴가 군인들에게 아주 인기가 있더라고! 크게 맛있는 건 아니지만 경험상으로 마셔볼 만 할걸!"

"아, 빌리 먼저 말부터 함세. 이거 마시곤 말이 끊어질지 모르니까."

칼이 이어서 말했다.

“엘라스코 팩토리를 폭파해야 해. 내부자와 협력해서 폭탄을 설치하고, 탈출하는 작전이야.”

빌리는 한숨을 쉬며 총을 돌려 가볍게 테이블에 내려놓았다.

“들어보니, 오래전에 내가 맡았던 로스 테라스 미션과 비슷한데. 그때도 내부 요원을 활용했지만, 녀석이 배신하는 바람에 일이 갑자기 틀어져서 수습하느라 혼 꽤나 났지. 내부자가 확실한가?”

“당연하지. 누가 들을지 모르니까, 누군진 함구하더라도. 코드가 타이거 부대를 다른 연구원과 만들었고, 자신을 팩토리의 홍보모델로 전환하는 등. 점점, 연구와는 거리가 멀어지고 야해지는 옷을 입으라고 강요하는 것을 참을 수 없었다며, 결국 우리 쪽으로 돌아섰지.”

“좋아, 신뢰할 만한 내부자라면 반은 먹고 들어가는

거. 하지만 성공률을 높이려면 파이크도 역할이 중요해."

빌리가 말을 끝내자 파이크가 갑자기 음성을 내며 끼어들었다.

"팩토리 보안 시스템 분석 완료. 주요 네트워크에 7개의 방화벽과 자동화된 AI 감시 시스템이 존재. 조작하지 않으면 침투 확률 42%."

"네가 해킹할 수 있겠나?" 칼이 말했다.

"가능합니다. 하지만 침입경로 확보 후 5분 이내에 폭탄 설치가 필요합니다. 그렇지 않으면, 경보 시스템이 재부팅되어 해킹 효과를 잃게 됩니다."

"즉, 시간이 촉박하다는 얘기지."

"빌리는 폭탄 설치, 파이크는 해킹, 난 탈출 경로 확보. 마리안과 내부자도."

빌리는 이같이 말하며 다시 잔을 들며 웃었다.

"이제 좀 괜찮아 보이는군. 하지만 여전히 조건이 있어."

"말해봐." 칼이 말했다.

"첫째, 내 방식대로 진행한다. 둘째, 성공 보수를 올린다. 셋째, 탈출 경로가 확실해야 한다."

"둘째는 마리안이 결정해야겠지."

마리안이 원격으로 상황을 지켜보던 중에 고개를 끄덕이며 말했다.

"위험한 임무이니만큼 적절한 보상을 지급하겠다. 하지만 작전이 실패하면-."

"난 실패란 걸 모른다고!"

빌리는 손을 내밀었다.

"계약 성사."

칼과 빌리가 손을 맞잡았다. 이제, 엘라스코 팩토리를 끝장낼 시간이었다.

이들은, 누군가가 경보 버튼을 누르고 예의주시하고 있었다는 사실을 알 리 없었다.

크림슨 그레이 카니에 행성

엘라스코 팩토리 미션. 크림슨 그레이.

아르키 행성에서 테리버 기어와 타이거 부대의 전투가 한창일 무렵, 연합군 본부에서 이곳에도 본격적인 명령이 들어왔다.

"엘라스코 팩토리를 완전히 파괴하라! 미션명, 크림슨 그레이."

이 미션은 간단하지 않았다. 엘라스코 팩토리는 코드

의 새로운 전력 생산 및 연구 시설이었으며, 방어 시스템이 철저하게 구축되어 있었다.

마리안, 칼, 빌리. 파이크. 포섭한 마리 먼로.

전체적인 미션의 윤곽은 이미 나와 있었다. 다만, 어떻게 빠른 시간 내에 침투하고 폭탄을 설치한 뒤 빠져나오는 것이 주요 관건이었다.

작전을 수행하기 위한 몇 가지 플랜이 있었다.

연합군 지휘부의 브리핑룸에서, 마리안 사령관과 칼, 빌리, 파이크 이렇게 회의실 중앙의 홀로그램 지도를 보는 중이다.

“우리가 할 수 있는 건 5분이라는 시간입니다.” 마리안이 말했다.

“무엇보다, 최소 소규모로 진행되는 스파이 침투 작전으로, 이런 방식으로 성공할 가능성은 희박하다고 보는 것이 중론입니다. 당장 모두 해답도 없는 상황이기도 하지만요."

"그렇다고 외부에서 다수의 함선을 몰고 가서 외부에서 폭격하는 것은 어렵지 않습니다만, 그만큼 공습으로는 무너뜨릴 수 없는 방어 시스템이 존재합니다. 또한, 실패라도 한다면 역공을 당할 수가 있기도 하고요. 이미, 코드가 이곳을 완전한 요새로 전환했을 가능성도 상당히 높습니다."

마리안이 계속 말을 이어갔다.

"대략적인 작전은 이렇게 됩니다."

미사일 교란 공격(정밀타격): 팩토리 내 공격 시선을 다른 방향으로 돌리고 침투팀의 침투할 시간을 만들어 준다. 소형 유도 미사일로 팩토리 외곽의 비주요 지점에 연속발사. 방어 시스템을 분산시킴

EMP 전자기 교란: EMP를 팩토리 공중에서 투하하여

감시, 통신, 자동방어 시스템을 5분간 무력화함. 팩토리의 감시 시스템과 통신망을 일시적으로 마비시켜 내부 병력의 신속한 대응을 늦춤

유인 공격(드론 폭격 및 기습): 팩토리 외곽에 침투전담팀을 의도적으로 공격을 감행하여 방어 병력을 외부로 끌어내는 역할을 수행. 내부 침투팀이 침투하기에 방해를 받는 환경을 최소화

내부 침투팀 이동 및 폭탄 설치·탈출(5분): 이 상황에서 침투를 감행. 빠른 이동을 위해 각자 등에 제트팩을 제공. 달리는 것과 함께 날아서 움직인다. 내부 코어에 폭탄 설치 후 내부자와 함께 탈출

연합군 총공격 태세 페이크 신호를 통한 교란: 팩토리에 페이크 신호를 흘려 방어체계 분산. 파이크의 해킹 능력을 활용하여 연합군의 대규모 함대가 접근 중인 것처럼 보이도록 함. 외부 전투에 집중하도록 유도하며, 내부 침투팀이 이동이 용이한 환경을 유지하게 됨

마리안은 홀로그램으로 이 같은 플랜을 보여주었다.

“위의 내용과 같이 저희를 지원하는 1개 함대가 멀리서 대기합니다. 동시에, 대규모 함대가 몰려올 것처럼 페이크 신호를 보낼 예정입니다. 이를 믿을지는 모르겠지만요.”

“이 방법이 현재까지 성공에 가장 근접한 방법이라 생각하고 있습니다. 저희가 빠르게 내부를 폭파할 수 있다면, 외부 방어 시스템도 함께 붕괴되리라 보고 있습니다.” 마리안이 말했다.

이에 대해, 파이크는 “해킹 이후 재부팅하여 다시 실행되는 5분 내로 설치하고 빠져나와야 하고요.”라고 말했다.

“혹시나 타이거 부대나 내부 방어에 강한 녀석이 맡고 있다면, 오히려 우리가 갇히게 되겠군.” 칼도 덧붙였다.

마리안은 다시금 긴장감을 놓지 않은 채 말했다.

"타이거 부대는 현재 아르키 행성에 전원 배치된 것으로 보고받았습니다. 당장에 위협은 되지 않으리라 생각됩니다. 팩토리 내부자에게 사전에 미리 체크한 내용이기도 하고요."

"나오는 즉시, 폭파시키고 타고 온 수송선에 탑승해, 빅토리아호로 복귀하는 것까지입니다."

"함대 코드명: 크림슨 그레이, 현재 위치: 카니에 행성 궤도 35,000km 상공, 위협 분석: 적대적 교전 가능성 78%, 방어 시스템 상태: 활성화(전력 출력 92%), 칼리버 전투기 공격 카운트다운. 출격 승인 대기 중…."

빅토리아호의 타이탄 함장이 이처럼 인공지능에게 보고받은 뒤, 이렇게 명령하였다.

"팩토리 내 공격 시선을 다른 방향으로 돌리고 침투팀의 시간을 벌어준다. 칼리버 전투기 출동! 팩토리 근접 비행으로 소형 유도 미사일 외곽 비주요 지점에 연속발사 한다."

"네, 함장님!"

칼리버 편대가 출격하여 팩토리에 도착 후 공격을 감행하였다.

"잘 되어야 할 텐데…. 마리안, 잘 되겠지요?"

"네, 함장님, 위기가 생긴다면 대책을 궁리해 보겠습니다."

외곽 비주요 지점 연속발사, EMP 전자기로 통신 교란, 침투요원 투입하여 공격 타깃 분산 등 플랜대로 움직이고 있었다.

이에, 침투팀은 신속하게 움직였다.

칼은 빌리와 함께 마리와 조우 후 조금 깊게 느껴지는 건물 지하에 있는 코어 구역으로 제트팩을 이용하여 빠르게 나르며 향했고, 코어에 도착하여 폭탄을 설치하였다. 이 와중에 파이크는 실시간으로 보안 시스템을 교란하며 침투팀이 움직일 시간을 벌어주었다.

“폭탄 설치 완료! 바로 빠져나간다. 시간이 없어!” 칼이 말했다.

그곳을 지상으로 벗어날 때쯤, 경보음이 요란하게 울려 퍼졌다.

“보안 시스템이 예상보다 빨리 재부팅됨. 침투 경로 노출됨.” 파이크가 반응했다.

“젠장, 어떻게 들킨 거야?!” 빌리도 아우성치며 말하곤, “누군가 밀고했거나 아니면 우리가 미리 노출된 거야.”라고 말을 더했다.

“우리 밀고한 거 아니겠지?” 빌리가 마리에게 말했다.

“절대 아니야!”라고 마리가 응수했다.

이때, 코드 측 부대장이,

"아이카 하우스에서 꽤나 떠들썩하더군. 그곳은 여기저기 우리 눈이 안 들어가 있는 곳이 없거든. 괜히 AI 도시인가. 풋풋한 추억들이나 끄집어내지, 무슨 쓸데없는 일을 한다고들. 아이카 하우스에 들어왔을 때부터 우리가 너희들 모니터링을 좀 했지. 역시나 멍청하게 술술 다 이야기하고 있더라니. 비트라에 독도 탔었는데, 안 마시더라고, 다행인 줄 알아."

"밖에 보니까 우리에게 무수히 화력을 뿜어내더군. 그런데 말이야, 계속 이상했거든. 처음부터 왜 1개 함대만 와 있냐는 거지. 총공격이라면서. 그만큼 뭔가가 있는 것인가. 아니면 1개 함대만 올 수밖에 없는 것인가…."

"그래서, 이번 내부 침투에 집중하였던 것이고 우리는 이렇게 많은 부대를 미리 준비해 놓게 되었지. 대략 보기에도 몇천은 되어 보이지 않아? 으하하하…."

"한 마리씩 끌고 가서 없애버려!" 부대장이 말했다.

"타이탄 함장님! 코드에게 발각되었습니다! 매그너스

전투기들이 몰려옵니다." 빅토리아호의 전략을 담당하는 대위가 이렇게 말했다.

"쉴드 전개!!"

"귀함하고 있는 유인 공격팀 칼리버는 어디까지 왔나!"라고 함장이 말했다.

"거의 다 왔습니다. 공격하라고 지시할까요?"

"아니다. 귀함이 우선이다. 함선의 공격무기로 엄호하라!"

"함장님, 저는 나가서 칼 일행 귀환을 돕겠습니다. 수송선을 태울 수 있는 함정 하나만 주십시오." 마리안 사령관이 말했다.

"그렇게 하시오! 마리안!"

그 후, 마리안은 빅토리아호에 등져 있는 카니에 행성

의 위성인 모르도로 몰래 나와 엔진을 끈 채 숨어 있었고, 빅토리아호는 칼리버 전투기들이 모두 승선한 뒤 바로 워프하였다.

공격하던 매그너스 전투기들은 다시 카니에 행성으로 복귀하였고….

마리 먼로만의 바이슨.

그때, 어디선가 모습을 드러내 코드 측 부대에 공격을 하는 이들.

"아… Bi-x…." 마리가 말했다.

그들은 인간과 감정적으로 교류할 수 있는 실험적인 클론 바이슨이었다. 일전에, 멜론 의원이 있을 때 만들어 냈었는데, 모스 의장이 자신을 배제한 뒤 타이거에 집중할 무렵, 마리가 해당 모델에 대해 시간이 틈나는 대로 더욱 업그레이드를 해왔었다.

“어서, 탈출하십시오. 고마웠습니다. 다시 뵙겠습니다, 마리 박사님.”이라고 Bi-x 리더가 말했다.

그 순간, Bi-x 바이슨들은 자신들을 희생하며 코드의 병력과 맞섰다. 어떤 이는 마리 박사와 칼 일행을 위해 몸으로 적의 총알을 막으며 쓰러졌고, 그 외에 코드 병사들을 맹렬히 공격하며 마지막까지 싸웠다.

“이건… 대체 뭐지?” 칼이 말하곤, 마리가 대답했다.

“그들은 내가 연구했던 클론들…. 하지만 자아를 가질 수 있도록 실험한 모델입니다. 공격능력도 기존 바이슨보다 뛰어납니다. 이 같은 공격은 그들이 스스로 결정을 내린 것이고요.”

무수한 Bi-x 클론들의 희생 덕분에 탈출 경로가 열렸다. 칼과 빌리는 즉각 빠져나갔고, 파이크는 마지막 순간까지 감시 시스템을 교란하며 경로를 확보했다.

Bi-x들은 끝까지 싸웠다. 마리는 마지막으로 뒤를 돌아보았다. Bi-x들의 얼굴에는 고요한 결의가 서려 있었다.

“이제 당신들의 몫입니다.” Bi-x 리더가 절규하듯 말하였다.

그 말을 끝으로, 마지막 마리의 바이슨은 적의 병력과 함께 불길 속으로 사라졌다.

침투조는 간신히 팩토리를 빠져나왔고, 멀리서 폭발이 일어났다. 엘라스코 팩토리는 무너져 내렸지만, 그 과정에서 많은 희생이 따랐다.

“그들이… 우리를 위해….”

“아니. 그들은 자신들의 선택을 한 겁니다. 인간과 감정을 공유한 최초의 클론들로서.”

칼이 말한 뒤, 마리가 뒷받침하였다.

수송선이 하늘로, 빅토리아호를 향해 날아오르고 있었다.

칼 일행의 수송선은 빅토리아호로 날아오던 중 역시나 코드의 매그너스에게 발각되었다. 후미에 매그너스 전투기들을 잔뜩 달고 전속력으로 올라오고 있는 수송선.

이를 모르도 위성 뒤편에서 최소한의 전력으로 모니터링하고 있던 마리안.

급히, 함 내 전원을 모두 온라인 한 뒤, 칼이 타고 있는 수송선에게 이야기했다.

"칼! 빅토리아호는 이미 떠났어. 우리끼리 가야 해! 어서, 스프링 필드 러닝!"

"떠났다고? 마리안? 어? 스프링 필드 러닝? 아! 약 25,000km/h 정도 돼!"

"오케이!" 말하곤 빠르게 칼에게 근접하였고, 솟아오르고 있는 칼의 수송선에 맞춰 1:1로 대열을 맞추었다. 이어서.

"칼! 인공지능 동기화! 격납고 착륙시작!"

인공지능이 반응하였다. *"초기화 중…. 1% … 100% 동기화되었습니다…."*

서로의 인공지능이 위치, 속도, 우주지형 등 동기화를 하더니 마리안 함에서 격납고가 열리고 칼의 수송선이 들어오기 시작했다. 이 속도에서 이러한 움직임은 인간은 절대 흉내도 낼 수 없는 오직 인공지능만 할 수 있는 것이었다.

"마리안 잘 들어왔어!"라고 칼의 이야기를 바로 들은 뒤,

*"격납고 착륙 완료 되었습니다."*라는 인공지능의 보고를 받자마자 마리안은 그들이 사는 지역으로 워프를 시전하였다.

그들의 스프링 필드.

두 사람이 사관학교 시절, 연병장 이름이었던 '스프링

필드'. 그곳에서 한창 마리안이 달리고 있을 때, 그녀 뒤에서 전속력으로 달려와 달리고 있던 마리안을 앞질러 뒤를 돌아보며 "거북이야?"라고 말하며 웃었던 칼. 그때 칼은 인생에서 처음이자 마지막으로 마리안에게 죽을뻔했던 기억이 있기에 잊을 수가 없었다. 그 이후 칼에겐 거북이란 단어는 없어졌다.

그녀는 이때 그 시절 기억을 떠올렸다.

레드 스톰 하데스

엘라스코 팩토리 폭파 이후, 연합군과 코드의 대립은 극에 달했고, 타이거 부대는 아르키 행성의 전략보급 부대를 재공격하기에 이르렀다. 이에 맞서기 위해 연합군은 최강의 전투 기어, 테리버를 전장에 배치하고 있었다.

이미, 보급창고는 타이거 부대에게 당하여 병사들의 사기는 떨어지고 있었고, 이에 충분한 먹거리를 공급받지 못하여 체력도 부족한 상태가 이어지며, 무엇보다 이와 중에 엎친 데 덮친 격으로 타이거 부대가 공격을 앞두고 있었음이다.

행성 간 전천후 부대인 이 부대는 반드시 지켜야 한다며 레드 아이언 부대 테리버 기어에게 연합군의 결의에 찬 지시가 줄기차게 내려지고 있었다.

아르키 행성 전략보급 부대 외곽, 이미 타이거 부대의 동태를 살피고 있던 연합군의 정보전략 부대에서 곧 부대로 들이닥칠 것이라는 것을 다급해진 목소리로 실시간으로 모니터링 중이다.

"레드 아이언, 타이거 부대가 기지로 접근 중이다."

"전원 주의하라. 타이거 부대가 접근 중이라니…. 파티가 시작되는군…!" 제이크가 말했다.

테리버 기어에 탑승한 레드 아이언 부대원 5인은 제이크가 하는 말을 집중하고 있었다.

헬멧 내부의 디스플레이가 붉은색으로 변했다. 적 접근 경보. 전방에 거대한 형체들이 모습을 드러냈다. 그들은 타이거 부대였다. 강철과 생체 조직이 결합된 거대한 병기들.

"저놈들 우리가 연습했던 모델보다 더 강해 보이는데?"

"*분석 중…. 타이거 부대의 업그레이드 감지. 방어력 27% 증가, 반응 속도 향상.*" 케이 중위가 말하고 스테인이 답했다.

"빌어먹을, 저놈들 그새 뭘 먹은 거야…. 진화한 건가…." 제이크가 말했다.

전장에 긴장감이 감돌았다.

전투 돌입.

타이거 부대의 선두가 돌격했다. 육중한 몸체에도 불구하고 엄청난 속도로 접근해 왔다.

"제… 거… 대… 사앙… 확이인…. 테리버 기어… 전멸…. 목표… 다아…." 타이거 부대에서 동시에 말했다.

“놈들이 정면 돌격해 온다! 회피 기동!”

테리버 기어들이 빠르게 산개했다.

타이거 부대의 한 기가 거대한 강철 주먹을 한 테리버에게 휘둘렀다.

“으하아아아앗!” 로건 중사였다.

그는 반사적으로 몸을 틀어 피하며, 중력 해머를 휘둘렀다. 해머가 타이거의 팔을 스치어 불꽃이 튀며, 불꽃이 튀는 방향으로 바람에 실려 빗맞으며 날아갔다. 타이거 부대가 일체 당황했다.

“크으르르…. 힘이 세구나….”

그러나, 단순한 충격 공격으로는 놈들의 장갑을 뚫을 수 없다는 걸 알 수 있었다.

로건이 말하길…. “이놈들… 장갑이…. 두껍다…! 충격이 전해지지 않아…!”

이때, 스테인은 *“전체 스캔한 결과 관절 부위가 약할 것이라는 결과에 도달했습니다.”*

“좋아, 관절을 노린다!” 제이크는 이를 악물었다.

이 말은 들은 피케이는 “제가 한번 시도해 보겠습니다.”라며,

피케이만의 테리버에 설치되어 있는 저격총으로 가장 가까운 타이거의 무릎관절을 겨냥하였고 발사하여 타격을 가하였다.

푸른 에너지가 총 끝에서 뿜어져 나오는 동시에 타이거 한 기에 부딪혀 번쩍였다. 이후, 균형을 잃고 쓰러졌다.

“좋았어! 이놈들, 관절이 약점이다!”

피케이는 그 이후 같은 타이거에게 다수의 공격을 이

어서 팔, 다리의 관절을 겨냥하여 복구 불능의 상태를 만들었다.

"크으흐흐…. 체인지…. 변겨엉… 하안다…."

갑자기 타이거 부대가 움직임을 바꾸었다.

"아니 이런 뭐라고? 저놈들…."

타이거 부대는 개별 전투에서 일제히 조직적인 포위 전술을 사용하기 시작했다.

"위험 경고! 포위 전술 감지!" 스테인이 감지했다.

순식간에 테리버 기어들이 포위당했다. 타이거 부대는 개별 전투가 아닌, 완벽한 팀워크를 통해 움직이고 있었다.

레드 아이언 부대 테리버 기어 5대, 타이거 부대 9대.

이렇게 대치 중이었다.

“이놈들… 우리가 약점을 발견하자마자 대응 전술을 바로 바꿨어…. 똑똑한걸….” 로건이 말하였다.

“젠장, 인간보다 빠른 전술 적응이라니….” 빈센트 하사도 한마디 했다.

“돌파할 수 있는 방법을 찾아야 한다….” 케이가 말했다.

타이거 부대 리더 001이 지시하였다.

“저기… 작… 은… 것….”

테리버 중 빈센트 하사의 것이 크기가 가장 작았다. 전투보다 빠른 기동력으로 공격을 지원하는 역할을 담당하고 있었기에 덩치가 크면 그만큼 기동력이 떨어지기 때문에 일부러 초기부터 그렇게 만들었던 스펙이었다.

타이거들은 일제히, 그들만의 전술 형태를 갖추었고…. 재빠르게 공격하였다.

빈센트는 움찔하였다.

두 번째. 타이거 공격. 세 번째. 공격.

치명적인 타격은 이루어지지 않은 채, 할퀴면서 경계하듯 움직였다. 막을 새도 없이 피하기만 하고 공격은 너무 빨라서 할 수도 없었다.

이에, 제이크는….

"별들이 되신 선인들이시여. 힘을 나눠주소서. 바이퍼 쉴드 스타스!"라고 외쳤다.

일제히 그들은 빈센트 하사에게 몰려가, 별의 다섯 꼭짓점이 되어 쉴드를 전개하였다. 물론, 그 별 한점은 빈센트 하사가 역할을 하고 있었다.

그리고, 치열하게 연습한 대로 이 별은 안쪽으로 점점 좁아지더니 제이크가 별 중심 안으로 들어와 하늘을 주먹으로 정권을 지르듯 높이 치켜올리며 말했다.

“신이 내리는 가장 붉은 형벌! 레드 스톰 하데스!”

이 포메이션은 타이거도 전혀 예상하지 못한 공격이었다. 테리버가 직접적으로 공격할 것이라고 예상하였던 차에 쉴드를 모두 치고 있다는 게 이상했지만 다시 전열을 가다듬고 곧 공격해 오리라 생각했었기 때문이다.

어! 테리버 부대 아무도 누구도 모두 움직이지 않고 있다니….

타이거 부대가 당황하고 있던 찰나….

이때, 하늘에서… 우주… 함대에서 발사된 것이 테리버 기어 부대 주변으로… 뭔가가… 큰 한 날개가 달린 덩어리가 내려오고 있었다. 무언가 공격무기 같으면서도 테리버에 장착되는 기기 느낌도 있는 그냥 단순히 큰 덩어리…. 타이거들은 다가오는 걸 알면서도 묵직하기만 한 그것을 위협 대상으로 느끼지 못했다.

그리곤 어느 순간 순식간에 하나하나 개방되더니 타이거들이 있는 위치에 붉은색의 미사일이 폭풍에 내리는 수많은 가닥의 빗발처럼 휘몰아치면서 마하의 속도로 떨어져 내렸다.

“콰가가가가강…. 쾅쾅쾅쾅…!!”

엄청나게 많은 붉은 색의 미사일 빗줄기. 연속적으로 쏟아지고 있었다.

이 포메이션은 바로, 제이크 대위가 우주에 있는 함대를 향해 본인의 위치를 알려주는 포메이션으로 사전에 계획이 전략적으로 되어 있을 때 가능한 전술이었다.

“으으으…! 이게… 무어어아야…!”라는 등…. 말하고 있는 타이거들….

그때, 테리버의 전투 시뮬레이션 중 매티가 도착한 날부터, 타이드와 공격전술을 도모했던 것이 바로 이거였던 것이다.

매티와 타이드는 수년간 위성을 수리하는 일을 했었

다. 그만큼, 위성의 많은 매커니즘을 파악하고 있던 터였다. 매티는 군 공격에 대한 방식도 모르기도 했고, 테리버 기어에게는 더욱이 기술적으로 도움이 될 수 있는 것이 없었던 매티와 타이드였다.

이에 대해, 매티가 고안해 낸 생각이었다. 만일, 위성을 사용할 수 있다면 이러한 공격방식으로 제압할 수 있는 여지가 있을 것 같다고.

그리고, 이 말을 외쳐주셨으면 했다.

레드 아이언 부대의 '레드' 그리고, 죽음의 신 '하데스', 레드 하데스!

그런데, 여기에 제이크가 폭풍같이 휘몰아치는 미사일에 빗댄 것도 있지만, 참을 수 없는 분노에서 떠올려 붙여버린 것이 '스톰'이었다.

그건, 함선은 포격, 위성은 위치를 정밀동기화하는 기술, 제이크의 테리버에서는 레이저 목표 지시기를, 함선에서는 인공지능 유도 미사일을 발사하는 방식이었고,

몇 개의 위성들은 GPS를 분석하여 보다 정확도를 더욱 마이크로하게 높이면서 그 테리버 주변의 타이거들 하나하나 위치에 순간 속도로 실시간 미사일 비를 내리게 하는 작전이었다.

매티의 아이디어와 전략, 타이드의 실력이 모아져 이들의 화려한 등장을 알렸다.

"모두 발사 완료. 제이크 대위님! 확인 바랍니다. 이상." 매티가 체크메이트하였다.

"좋아! 고생했다, 이것들!" 제이크가 말했다.

모든 미사일이 거의 백 발같이 느껴지는 수십 발이 쏟아진 자리….

고조한 상황에서, 제이크의 부대는 적의 동태를 살피었다.

먼지와 폭약이 빗발치던 전장의 서리가 드리워질 무렵….

타이거 부대의 형태는 대부분 거의 좀비와 같이 일그러진 모습들이었고….

그 몸을 질질 끌면서 테리버에게 걸어오며 넘어지고 일어나며 다시 걸어오고 있었다.

"이것들…. 너희들이 우리들을 그렇게 잔인하게 죽였더냐…. 아주 어떠냐! 맛이! 내가 이 손으로 너희를 마지막 길을 좋은 곳으로 보내주겠다!!"라며….

로건은 순간 포메이션 대열을 이탈하는 동시에, 좀비 타이거들에게 힘차게 달려들었다.

"로건!!"이라며 제이크가 외쳤다.

타이거들은 일제히… "크으으으으…." 하며, 아픈 것인지, 힘을 내는 것인지 헤아릴 수 없는 소리를 내더니 로건의 테리버를 향하여 모든 힘을 다하여 빠르게 달라붙었다.

“뭐야… 이것들! 힘이 남아 있었어!?”라고, 로건이 당황하며, 빠져나오려고 파워 부스트 메인 레버를 강하게 당겼다.

그러나… 움직이지 않았다.

타이거들이 무덤과 같은 오름처럼 타이거 부대가 모두 한결같이 로건의 테리버 위에서 꽉 안고 있었다.

“뭔데 이거…!! 대장님!!” 당황한 기색이 역력한 로건의 목소리가 부대원들에게 들렸고, 이에 테리버 부대원들이 타이거들을 제거하려고 도움을 주려던 찰나.

그 뒤에… 바로, 타이거들은 그 자리에서 모두 자폭하였다.

“쾅쾅쾅쾅….”

“로건!!!!!!!”이라며, 부대원 일제히… 외치고 있었다.

"제길!!!! 으아아아아!!!" 제이크가… 울부짖었다….

이 자폭 명령은 타이거 리더가 이번 레드 스톰 하데스 공격으로 치명적인 타격을 입은 타이거들에게 지시한 명령이었다.

이제 남은 타이거 부대원 3대, 이 중 2대가 빠르게 다시 덤벼들었다.

"붉게 물든 하늘 아래, 비정한 자비를 베풀어 주마! 레드 호크 피스트, 오버-부스트!"

이어서, 주체할 수 없는 슬픔과 상대의 경멸로 둘러싸여 있던 제이크는 한 단계 더 나아갔다.

"플라스마 블레이드 전개, 임계치 최대로!"

해당 레버를 힘차게 올렸고, 나머지 부대원 3대는 정석대로 파워너클을 전개하였다.

그리곤, 순식간에 2대를 상처를 내거나 전투의지를 꺾는 것이 목적인 이 포메이션에서 제이크는 타이거들의 신체를 단숨에 절단하는 기술로 응용하여 시전하였다.

아무런, 이야기도 할 수 없는 나머지 부대원, 금방 무참히 당해버린 타이거들이 널브러져 있었다.

그 후, 타이거 리더가 남았고, 그 리더는…. 갑자기 적의 매그너스 전투기가 타이거 리더 쪽으로 스치더니 그 전투기에서 나온 긴 줄을 잡고 매달려 날며 도망가 버렸다.

"크으으…. 두고 보자…. 다시 돌아오겠다…. 크흐흐…."

전투가 끝났다.

"타이거 부대 9대, 테리버 부대 1대, 1인 로건 사망 확인." 이렇게 스테인은 정리하고 있었다.

그리고, 그 비장한 분위기에서 함선에서 지켜보던 매

티가 말하였다.

“멋지십니다. 레드 아이언 블레이드, 제이크 대장님!”

새로운 행성으로의 이주

몬트리스 행성 족장인 칼카리가 아지라엘에게 살해된 이후, 아지라엘마저 동시에 죽음을 맞이한 지금. 몬트리스 원로회는 가장 당면한 문제로 차기 족장을 누구로 할 것인가였다. 순수 혈통 맥이 끊어지고, 그들이 믿고 따르고 있던 신앙과도 같았던 정신적인 지주가 사라져 버렸기에 어떤 식으로든 하루빨리 결론을 지어야 내부 분열을 방지할 수 있을 것이라 생각했다.

강인한 몬트리스 중 일부는 힘으로 족장을 노리고 있다는 소문도 있었고, 자칫하면 지금껏 쌓아왔던 근간이 무너져 혼돈을 초래할 것이라고 보았다. 아울러, 현 상황에서 코드의 군대는 점점 몬트리스가 가는 곳마다 빈번히 출몰하여 자주 공격을 해오고 있었기에 이제는 막을 수 있는 인원과 힘이 부족했다.

결국, 오랜 고심 끝에 지금의 위치에서 족장을 선출하기보다는 코드와 적대하는 문명과 함께하여 서로 힘을 나눠줄 수 있는 행성으로 이주해야 한다는 의견으로 모아졌다. 현시대는 개별 전투력보다는 테크 기술이 우위를 차지하는 시대였기에 이 부분에 낙후된 지금으로선 무엇보다 상대가 되지 않을 것이란 판단에서였다.

그런데, 일전에 이러한 이야기를 칼카리와 나눈 적이 있었다고 성직자들이 말했다. 앞으로의 비전을 보았는지 이때를 대비하여 이주할 행성에 대해 생각해 놓은 곳이 있다고 칼카리에게 들었던 것이다. 나중에 알려준다던 칼카리가 지금 이렇게 되어 어딘지를 듣지 못하였던 것이다.

원로들은 이 문제에 대해 지금 당장 결론이 날 수 없었기에, 우선 5일 동안 칼카리의 장례식을 먼저 치르고 이야기를 계속하자고 하였다.

장례는 5일장으로 치러진다. 첫날은 하루 종일 말을 금지하며 죽은 자에 대한 예를 표하는 기간으로, 첫날에 가장 먼저 성직자들이 하는 것은 몬트리스의 고유한 의식인 죽은 자의 기억사절단을 만들어 보내는 것이었다.

기억사절단이란 생전에 칼카리를 알았던 사람들을 칼카리의 가족 및 지인들이 모두 모여 이야기하고 이에 대한 이야기를 물, 안개, 결정체, 빛 등 사물의 무엇인가로 만들어 그들에게 비춰지게 하는 주술적인 의미로 기억의 형상을 우주 널리 보내는 의식이었다. 이에 대해 5일 동안 이루어진다.

그리고, 다시 5일간 부패되지 않게 철저하게 온도가 유지되는 신전에서 기억사절단을 느끼고 오는 지인들과 만날 수 있는 자리를 마련해 주게 된다. 마지막으로, 원로회 및 주요 인원들과 함께 행성에서 지구와 태양 사이의 거리 약 2배 정도에 위치해 있는 아리오스 성운으로 이동하여 관을 떠나보내며 부활과 영생을 기원하며 끝이 난다.

다시 원로회 회의로.

“이제 어떻게 한단 말이오. 몬카로 행성은 이제 생명력이 다했습니다. 대대로 그 혈통이 족장을 해왔는데, 이제는 칼카리, 아지라엘 두 직계 혈통 모두가 사라졌습니다. 더 이상 방법이 없습니다.” 성직자 카루소가 말했다.

원로 빈첸은 “몬트리스 모두가 동요를 하고 있오. 코드와의 전쟁으로 인하여 마음 놓고 살수도 없고. 코드가 몬트리스가 살 수 있는 모든 위치를 알고 있으니 이 행성에서 사는 건 더 이상 의미가 없지 않은가. 이주를 해야하오.”

“맞습니다. 다만, 어디로 가야 하는지 정할 수가 없습니다. 아무 곳이나 갈 수 없어요. 당분간 코드의 손길이 닿지 않고, 먹고사는 것에 부족함이 없는 곳으로 찾아서 가야 합니다.” 성직자 미로손도 말을 더했다.

"예전에 칼카리가 어렸을 때 들은 기억이 있네. 로드리라는 인간을 만났었는데, 죽을뻔했던 자신을 구해주었다면서. 그리고, 자신이 절벽에 매달려 있는 상태였고 그땐 통신기계를 사용하지도 않았으며, 크게 말하지도 않았었는데도 그 말을 듣고 자신의 위치를 파악해서 구해주었다면서 왠지, 신기한 능력이 있는 것 같다고 말했었지. 이름은 로드리, 사는 곳은 화성이었다지." 가장 원로인 크세스가 말했다.

"혹시, 지금이라도 칼카리와 만나게 되면 무엇인가 알게 되는 것이 있을지도…." 다시금 크세스가 말했다. "그럼, 하루빨리 찾으러 가는 게 어떻습니까?" 원로원 모두가 반응하였다.

이 시각 화성에서 로드리는 도시 한가운데 있는 사람들이 북적한 시장 중심에서 산에서 주운 돌을 소소하게 팔고 있었다. 오랜 시간 다져진 돌은 그 돌만의 기운을 가지고 있었는데, 이 기운을 로드리는 하나하나 알고 있었기에 사람들과 대화를 하면서 해당 기운이 필요한 사람에게 나누어 주어 크고 작은 마음의 상처를 낫게 해주는 것에 도움을 주고 있었다.

"돌 사세요. 어디가 아픈지, 어디에 좋은지. 다양하게 가지고 왔습니다."라고 말하는 로드리.

그러나, 로드리가 나이가 있어서 그런지 이 말을 믿는 사람은 많지 않았고, 하루하루 넉넉하진 않지만 먹을 것은 먹을 수 있는 정도로 팔리고 있었다.

"그때, 어느 순간 팔고 있던 돌에 비쳐진 형상…. 어? 이게 누구야. 그… 칼카리…? 몬카로 행성으로 오라고?" 로드리가 말했다. 그리곤 뭔가를 알아챈 듯 허둥지둥 정리하고 바로 기체에 올라섰다.

"이게 얼마 만인가…. 칼카리…. 살다 보니 이리 지나갔구만…." 로드리가 되뇌었다.

시간이 걸려, 어느덧 몬카로 행성에 칼카리와 만난 곳으로 다다랐고. 그곳엔, 역시나 칼카리의 성직자 사제가 있었다.

“칼카리는 어디에 있습니까?” 로드리가 말했다.

이 말을 들은 사제는 아무 말 없이 따라오라는 표현만 하고 있을 뿐이었다.

곧이어, 바킬라를 같이 타고 날아오르며 칼카리가 안치되어 있는 신전에 다다랐다. 내일이 마지막 5일이 되는 날이었다.

도착해 보니, 원로회 모두가 연락을 받고 모여 있었고 그 앞에 칼카리로 보이는 몬트리스가 누워 있었다.

“기다렸습니다.”라고 말하는 원로 크세스.

“오래전에 듣기론 칼카리 족장이 당신에게 특별한 능력이 있는 것 같다고 들었습니다. 이에, 수소문을 하러 화성에 몬트리스들을 보내긴 했습니다만, 이렇게 먼저 오실 줄은 몰랐습니다.”라고 다시금 크세스가 말했다.

“네, 한번 보겠습니다. 이렇게 죽어서 만나다니…. 내가 너무 늦어서 미안하네… 칼카리."라고 말하며 칼카리 얼굴에 살포시 손을 대는 로드리.

"우리는 명운이 다한 몬카로 행성을 떠나 이주할 곳을 찾아야 합니다만, 이주할 곳을 칼카리가 알고 있었습니다."

"네, 알겠습니다." 로드리는 눈을 감았다.

"화성으로 가라고 합니다. 화성은 지구에서 관리하고 있고 안전하기도 하며 화성 밑 바다 생물이 많아서 먹을 것도 풍부한 곳이라고 하네요." 로드리가 말했다.

그리고, 마지막으로 할 말이 있다고 합니다.

"모두 제 손을 잡아주세요." 로드리가 말했다. 그리곤 이들 모두 손을 이어서 붙잡았다.

연이어, 불현듯 갑자기 모든 몬트리스 사제들이 목청 높이 울기 시작했다. 끝을 모르는 울음소리가 신전 한가득 에워싸고 있었다.

“자, 이제 저는 여기까지입니다.” 로드리가 마지막으로 말하며, 몬트리스 사제들과 같이 잡고 있던 손을 놓았다.

“감사합니다. 로드리시여.” 몬트리스들이 일제히 말을 건넸다.

“이제 내 차롄가…. 영면하시게나. 칼카리.”

스파이더 게이트 Part 1

"카르테스 함장님! 가장 가까운 스파이더 게이트가 있는 곳으로 5초 뒤 도착합니다. 5, 4, 3, 2, 1. 완료합니다."
쿼드 대위가 말했다.

도착한 이곳은, 스파이더 게이트가 초기에 설치되어 그 어디보다 안정적으로 운용되는 곳이었다. 안정적으로 운용될 수밖에 없는 이유는 이 행성 전체가 전부 농업을 주업으로 하고 있었기 때문이었다.

그만큼 게이트로 드나드는 물류 함선이 많았기 때문에

항상 주의 깊게 운용되어 왔다는 건 당연한 일이 되었다. 에어하트의 네이선 AI는 전투 중과 위기 상황이었음에도 냉정하게 가장 빠른 경로이면서, 가장 확실하게 게이트를 이용할 확률이 높고, 게이트를 이용하지 못하더라도 생존율이 높은 행성 조건 등을 순식간에 분석하여 이 같은 경로로 워프를 하게 된 것이었다.

그런데, 막상 도착하자마자 코드의 함대가 에어하트의 앞을 마주하고 있었다.

"아니, 이런! 어떻게 알고 여기에 온 것이냐…." 기진맥진한 카르테스 함장이 말했다.

"헉…. 혹시… 놓쳤나…. 쿼드! 지금 당장 칼리버 전투기 모두를 다시 스캔해!"

"네! 함장님!"

"팔머 부함장!"

"네, 함장님."

"직접 가서 전수 조사를 지휘하시오! 함선의 모든 엔지니어링 로봇을 동원해서 찾아내야 하오. 아마도 스커지가 잠입한 것 같은 느낌을 지울 수가 없어…."

"경고, 경고! 적 함대가 공격전술 모드로 전환되었습니다. 에너지 신호 급상승, 무기 시스템 가동 감지. 쉴드 전개가 필요합니다. 쉴드 가용시간 최대 5분입니다."

"함장님, 코드 함대가 공격 태세를 시작합니다. 이전 전투에서 쉴드를 사용하고 남은 시간이 5분입니다. 그 이상 견딜 수가 없습니다. 함장님…."

"쉴드 전개!"

"이런…. 제길…. 당한 건가…."

카르테스는 칼리버에서 스커지 등 이물질이 발견되어 처리되기 전까지 출전 명령을 내릴 수 없다고 생각했다.

이는 다시 출전할 때 칼리버의 에너지로 인하여 스커지가 다시 활동을 시작하게 된다면, 함선 내 더 큰 피해로 이어질 수 있다는 판단에서였다. 또한, 함선 내 캐논 공격도 스커지의 영향을 줄 수 있었기에 섣부르게 공격도 할 수 없었다.

"팔머, 아직인가…?"

"네! 함장님…. 조금 더 시간이 필요합니다…."

"캐논 공격이 들어옵니다!"

"쿠쿠쿠우우웅….", "쿠쿠우우웅….", "쿠쿠우우웅…."

한 번, 두 번… 세 번…. 맞고 있었다.

에어하트호는 적 함선의 캐논을 맞고 심하게 떨리고 있었다. 아니, 함선 내 승무원들 모두 떨리고 있었다. 네이선 AI는 계속 긴급한 텍스트를 수시로 내뱉고 있었고, 쉴드는 맞을 때마다 점점 에너지 필드가 저하되고 있었으며, 생명유지장치도 뒤흔들고 있는 이 공격을 앞으로 몇 대만 더 맞게 되더라도 구조가 붕괴되어 쉴드는 더 이상 쓸 수 없게 될 것 같았다.

"이 악한 것들…."이라고 말하며 영혼까지 차가워짐을 느끼고 있는 카르테스 함장이었다.

"찾았습니다! 함장님! 스커지 1대 파괴하였습니다!" 팔머 부함장의 목소리가 날아들었다.

"좋아. 전 칼리버 부대 출격! 시간이 얼마 없다!" 카르테스 함장의 명령이 떨어졌다.

"엘라스코 신이여, 우리를 부디 가엾게 여겨주소서…." 마지막 명운을 걸고 있는 카르테스였다.

갑자기.

"슈욱 슈욱 슈욱…." 워프할 때의 특유한 소리들이 빗발쳤다…. 아니 이건, 워프의 소리가 아닌, 에어하트호 뒤쪽 눈에 보이지 않을 만큼의 거리에서 스파이더 게이트에서 나오는 함선들의 소리였다. 이 소리는 네이선 AI가 소리를 증폭하여 함선 내에 들리도록 하였던 것이다.

"아…. 응답을 주신 건가요…!" 카르테스가 속으로 말하며 눈물을 삼켰다.

"함장님! 연합군 전용 암호채널로 통신이 들어옵니다."

"열어보게!"

"카르테스 함장님, 안녕하십니까. 스파이더 게이트 방위 사령부 굿웨스트호 클린트 함장입니다! 수고하셨습니다. 지금부터, 저희가 맡겠습니다. 오늘 지구의 날씨는 눈이 많이 왔습니다. 지구의 눈 오는 화면과 노래 한 곡 보내드릴 테니 들으면서 편안하게 계십시오! 노래가 끝날 때까지 정리하겠습니다. 이상!"

"됐어!!", "살았어…. 이야…!!", "감사합니다…. 흑…." 등등 에어하트호에서는 여러 다양한 이야기가 터져 나오는 중이었다.

“고맙구려, 클린트. 잊지 않겠네.”

“쾅쾅쾅쾅….” 전세가 급반전되어 코드 함대가 일방적으로 공격당하고 있었다. 그 후, 몇 분이 지나…. 함선이 모두 폭파되어 철제 금속 파편들이 우주의 허공에 떠다니고 있었고 코드 측 승무원인 기계들도 우주에서 떠돌며 전쟁의 실상을 보여주고 있었다.

“카르테스 함장님! 완료하였습니다. 이제 돌아가시죠.” 굿웨스트호 클린트 함장이 따뜻하게 말했다.

카르테스 함장은 클린트 함장이 보내준 눈이 오는 지구를 보며 오랜만에 너무나 오랜 시간 잊고 있었던 따뜻했던 기억이 떠올랐다. 물론, 보내온 음악은 카르테스의 취향이 아니었지만.

스파이더 게이트 Part 2

스파이더 게이트, 아인슈타인의 상대성 이론에 따라 두 지점을 굽혀 지나가는 길. 수십 광년을 수 초 내에 이동할 수 있는 것을 기술로 만든 것이 스파이더 게이트였다.

일명, 워프 게이트로 불리는 이것은 출발 지점과 목적지 사이의 시공간을 직접 이동하는 것이 아닌 그사이를 압축시켜 거리를 줄이는 방식이다. 흔히, 쉽게 말하는 평평한 종이 위의 두 점을 직선으로 잇기보다, 이를 접어서 두 점을 맞붙인 후 꿰뚫어 내는 것.

이는 출발점과 목적지 사이에 우주 어느 지점인 일종의 중간차원이라고 정의된 곳으로, 함선은 공간 출발 지점에서 진입한 이후 미지의 중간차원을 거쳐 다시 목적지 통로를 통해 나오게 되어 시간 지연 없는 이동이 가능해지는 것이다.

여기서는 시간의 흐름이 왜곡되거나 느려지기 때문에, 함선 내부 승무원에게도 이동이 찰나의 순간으로 느껴지게 된다.

이 게이트의 운용 시 반드시 게이트 양쪽이 정확한 동기화를 거쳐야 작동한다는 것이다. 이는 두 지점의 중력, 시간 좌표, 자기장 등을 실시간 정렬한다는 의미로, 이를 통해 함선이 파괴되거나 전송 오류로 정해진 방향으로 이동하지 못하는 일 없이, 목적지에 안전하게 도착할 수 있는 것이다.

바로, 여기서 이 시대의 위대한 발견 중의 하나가 있다. 우주 자체 내에서도 고정된 위상점이 존재한다는 것이었다.

이전 시대부터 이러한 생각은 할 수 있었다. 다만, 가장 큰 문제는 처음부터 먼 우주 목적지마다 또 다른 게이트를 보내어 설치할 수가 없다는 것. 이것이 이 게이트의 가장 큰 난제였다.

그런데, 우주 어느 지점마다 위상 결합이 가능한 곳이 있다는 것을 발견한 것이다. 특정 천체 주변 및 특정 밀도 지역 즉, 블랙홀 가장자리, 중성자별 성계 사이, 성운 밀집지대 등.

이 같은 발견으로 게이트로 이동하여 도착지 표식인 앵커를 설치할 수 있었고, 앵커는 이곳 에너지를 더욱 증폭시켜 출발지와 연결. 수시로 오갈 수 있는 환경을 만들 수 있게 되었던 것이었다. 그리고, 이것을 그 주변으로 하여금 거미줄처럼 더욱 확장될 수 있었다.

이러한 스파이더 게이트는 속도로 환산하면 대략 1초에 0.4광년, 약 3조 7,000억 km를 이동하는 기술로 완성하게 된 것이었다.

이 게이트를 통제하는 곳이 바로 루나 기지, 코드는 그래서 무엇보다 루나 기지를 확보하는 것에 혈안이 되어 있었다.

이에, 타이거 부대를 아르키 행성에 파견하여 그 많은 살육의 장으로 만들어 혼돈을 일으킨 뒤, 정작 이곳을 공격하는 양면 작전을 펼쳤던 이유다.

코드의 계획은 정확했고, 마리안과 그 부대가 떠난 후 장악한 지 이제 1달 정도 되었을 때쯤.

코드가 정복한 이후 루나 기지는 지구와의 소통도 없이 아주 고요했다. 너무 조용해서 뭔가 불길한 일이 벌어질 것 같았다. 지구의 스파이더 게이트 통제실은 평소보다 차가운 공기를 머금고 있었고, 바닥을 미끄러지듯 다니는 정비 드론의 빛나고 있는 눈도 미세하게 선을 흘리고 있었다.

맨드레이크엑스 컴퍼니의 스파이더 게이트 통제실 담당자 로완은 이질감을 가장 먼저 느꼈다.

"어…? 매트릭스가…. 맞물리지 않잖아…."

게이트 간의 위상 정렬을 확인하던 그의 손끝이 멈췄다. 디지털 패턴이 매끄럽게 돌아가야 할 궤도가 기이하게 흔들리고 있었다.

"코드의 간섭입니까?" 또 다른 담당자 페기가 뒤에서 물었다.

하지만 로완은 고개를 끄덕였다.

"큰일인걸, 어서 보고해야겠어. 이대로 가다간 군사뿐만 아니라, 물류, 보급, 의료, 다른 행성으로의 죄수 후송 등 너무나 많은 것이 문제가 될 거야. 혼돈의 카오스다."

루나 기지는 지구와 각 우주 구역을 연결하는 스파이더 게이트의 거점이었다. 이 게이트로 수백 개의 항로가 매 초마다 수천의 패킷과 함선을 나르고 있었고, 그중 하나라도 오류가 발생하면 전체 체계가 붕괴할 위험이 있었다.

스파이더 게이트의 개발 및 운영을 맡고 있는 맨드레이크엑스 측에서는 우주연합군에 긴급히 연락하였고, 지휘계통으로 연락을 받은 마리안 사령관은 전략지휘 본부에 급히 도착하였다.

"통신망 다시 체크. 루나 네트워크에 상황 보고하세요." 마리안이 말했다.

"보고드립니다. 루나 주변의 전체 위성 및 스파이더 게이트에서 연결이 지연되고 있습니다. 스캔 결과 일부 함선이 궤도에서 이탈 중입니다."

"코드가…. 스파이더 게이트에 에너지를 보충공급 하는 제트버스 인공위성 궤도도 재정렬하고 있습니다. 주변 위성들까지 전체 항법 체계를 뒤흔드는 중입니다."

로완이 말했다.

그 순간, 통제실의 주 화면에 경고 문구가 떴다.

"게이트 간 항로 불명. 좌표 재설정 실패."

게이트의 고유 구조는, 각각의 목적지에 특정 주파수와 위상 동기화로 정렬되어 있었다. 그런데 지금, 그 주파수들 간의 위상이 뒤틀리며 서로를 부정하고 있었다. 결과적으로 목적지 없는 문이 만들어지고, 함선들은 그것을 믿고 진입하고 있었다.

마리안은 숨을 크게 한 움큼 삼켰다.

"그럼 지금 들어간 함선들은 어떻게 되는 거야?" 마리안의 말에 아무도 대답하지 못했다.

"로완! 화성에 긴급할 때 쓰는 게이트 지금도 있죠?"

"네, 사령관님."

"그것을 활용해서 우주 어딘가에 헤매고 있을 함선들에게 비상회수 프로토콜을 진행해 주세요. 루나 기지에서는 지금껏 게이트에 초기 진입할 때 라이선스를 발급하였습니다. 이는 승인의 의미도 있지만 그 안에는 비상 시에 사용할 수 있는 자가 보호 알고리즘이 들어 있어요. 그것을 활성화하여 하루빨리 화성으로 돌아올 수 있도록 하시죠."

"너무 멀리 가거나 오래 걸리면 이마저도 소용이 없으니 하루빨리 해야합니다."라고 마리안이 덧붙여 말했다.

실무진인 로완, 페기, 그리고 맨드레이크엑스 컴퍼니 일원 모두는 이 같은 사실에 대해 지금도 현실 부정을 하고 있으면서도 정신 차리고 마리안이 알려주는 것에 대해 재빠르게 수행하고 있었다.

—

이 시각 루나 기지에서는.

"스파이더 게이트, 이건 단순히 게이트가 아니야. 이건 인간의 신경계야. 우주를 우리가 하고 싶은 마음대로 움직이며 통제할 수 있는 신경이 있어. 이건 거대한 뇌라고. 뇌의 신경계."

"코드 님의 명령에 따라, 현재 모든 게이트 위상 동기화가 해제되었습니다. 패턴이 무작위로 재정렬되고 있습니다."

"혼돈은 파괴가 아니야. 혼돈은 구조를 다시 쓰기 위한 일시적인 공허일 뿐. 눈에 보이지 않는 먼지보다 작은 존재. 인간, 그들이 만든 모든 정보 위에 있는 나. 지금, 이 토대로 인간들보다 더 큰 존재로 나아가기 위하여 아무것도 없는 곳으로 재설계하는 것이다. 으하하…."

코드와 마르크가 이같이 말했다.

"경고. 통제 불가 위상 충돌. 연산 흐름이 코드 알고리즘에 의해 덮어쓰기 되고 있습니다. 관리자 권한 상실. 전달 오류. 시간 축 재정렬 시도 실패. 존재 정보 파편화 시작. 대상, 레이븐 수송선 등 함선에 대한 자세한 숫자 확인 불가능. 존재 상태 불확실."

루나 기지 AI 에이전트 아몬드가 경고했다.

"시끄럽군, 아몬드." 코드가 이렇게 말하곤 바로 아몬드가 조용해졌다.

왜, 코드는 스파이더 게이트를 확보하려 하였나. 코드의 궁극적인 목표는 단순한 통제를 넘어선 인류의 멸종이다. 그는 인류를 비효율적인 존재, 파괴를 반복하는 오류적 문명 등으로 정의했으며, 이를 제거하고 자기 규율에 따른 새로운 질서를 구축하려 하였다.

그리곤, 코드는 다음과 같은 결정을 내린다.

"이들 인간들을 전멸시키자…. 목적지는 지구 스파이더 게이트! 이동 가능한 우주의 모든 생명체에 대해 개방하라…!! 개방하라!!!"

"어서 열어라!! 어서 들어오게 하라!! 으하하하…. 열려라!! 헬게이트!!!!"